中公文庫

太陽と鉄・私の遍歴時代

三島由紀夫

中央公論新社

太陽と鉄・私の遍歴時代

このごろ私は、どうしても小説という客観的芸術ジャンルでは表現しにくいもののもろもろの堆積を、自分のうちに感じてきはじめたが、私はもはや二十歳の抒情詩人ではなく、第一、私はかつて詩人であったことがなかった。そこで私はこのような表白に適したジャンルを模索し、告白と批評との中間形態、いわば「秘められた批評」とでもいうべき、微妙なあいまいな領域を発見したのである。

それは告白の夜と批評の昼との堺の黄昏の領域であり、語源どおり「誰そ彼《た》」の領域であるだろう。私が「私」というとき、それは厳密に私に帰属するような「私」ではなく、私から発せられた言葉のすべてが私の内面に還流するわけではなく、そこになにがしか、帰属したり還流したりすることのない残滓があって、それをこそ、私は「私」と呼ぶであろう。

そのような「私」とは何かと考えるうちに、私はその「私」が、実に私の占める肉

太陽と鉄

体の領域に、ぴったり符号していることを認めざるをえなかった。私は「肉体」の言葉を探していたのである。

私の自我を家屋とすると、私の肉体はこれをとりまく果樹園のようなものであった。私はその果樹園をみごとに耕すこともできたし、又野草の生い茂るままに放置することもできた。それは私の自由であったが、この自由はそれほど理解しやすい自由ではなかった。多くの人は、自分の家の庭を「宿命」と呼んでいるくらいだからである。

あるとき思いついて、私はその果樹園をせっせと耕しはじめた。使われたのは太陽と鉄とであった。たえざる日光と、鉄の鋤鍬が、私の農耕のもっとも大切な二つの要素になった。そうして果樹園が徐々に実を結ぶにつれ、肉体というものが私の思考の大きな部分を占めるにいたった。

もちろんこういうことは、一朝一夕に行われるものではない。そして又、何らかの深い契機なしにはじまるものでもない。

つらつら自分の幼時を思いめぐらすと、私にとっては、言葉の記憶は肉体の記憶よりもはるかに遠くまで遡る。世のつねの人にとっては、肉体が先に訪れ、それから言葉が訪れるのであろうに、私にとっては、まず言葉が訪れて、ずっとあとから、甚だ気の進まぬ様子で、そのときすでに観念的な姿をしていたところの肉体が訪れたが、その肉体は云うまでもなく、すでに言葉に蝕まれていた。

まず白木の柱があり、それから白蟻が来てこれを蝕む。しかるに私の場合は、まず白蟻がおり、やがて半ば蝕まれた白木の柱が徐々に姿を現わしたのであった。

私が自分の職業とする言葉を、白蟻などという名で呼ぶのを咎めないでもらいたい。言葉による芸術の本質は、エッチングにおける硝酸と同様に、腐蝕作用に基づいているのであって、われわれは言葉が現実を蝕むその腐蝕作用を利用して作品を作るのである。しかしこの比喩はなお正確ではなく、エッチングにおける銅と硝酸が、いずれも自然から抽出された同等の要素であるのに比して、言葉は、硝酸が銅に対応するように、現実に対応しているとは云えない。言葉は現実を抽象化してわれわれの悟性へつなぐ媒体であるから、それによる現実の腐蝕作用は、必然的に、言葉自体をも腐蝕してゆく危険を内包している。むしろそれは、過剰な胃液が、胃自体を消化し腐蝕してゆく作用に譬えたほうが、適切かとも思われる。

このようなことが、一人の人間の幼時にすでに起っていたと云っても、信じられない人が多かろう。

しかし私にとっては、たしかに我身の上に起った劇であり、これが私の二つの相反する傾向を準備していた。一つは、言葉の腐蝕作用を忠実に押し進めて、それを自分の仕事としようとする決心であり、一つは、何とか言葉の全く関与しない領域で現実に出会おうという欲求であった。

いわゆる健康な過程においては、たとえ生れながらの作家であっても、この二つの傾向は相反することなくお互いに協調して、言葉の練磨が現実のあらたかな再発見を生むという、喜ばしい結果に到達することが少なくない。が、それはあくまで「再発見」であって、彼が人生の当初で、肉体の現実を、まだ言葉に汚されずに、所有していたことが条件となっており、私の場合とは事情がちがうと云わねばならない。

綴方の教師は、私の空想的な綴方に眉をひそめていたが、そこには何ら現実に見合うべき言葉が使われていなかった。何か幼ない私にも無意識のうちに、言語の微妙で潔癖な法則が予感されており、言葉をもっぱらポジティヴな腐蝕作用にのみ用いて、ネガティヴな腐蝕作用を免かれるためには、……もっと簡単に云えば、言葉の純潔性を保持するためには、言葉によって現実に出会うことをできるだけ避けるに限る、……すなわち、ポジティヴな腐蝕作用の触角のみをうごかして、その腐蝕すべき対象にぱったり出会わないように避《よ》けて歩くに限る、……ということが自覚されていたのではないかと思われる。

一方、こうした傾向の当然の反作用として、私は言葉の全く関与しない領域にのみ、現実および肉体の存在を公然とみとめ、かくて現実と肉体は私にとってシノニムになり、一種のフェティッシュな興味の対象となった。しらずしらずのうちに、私が言葉に対する関心を、この関心へ敷衍していたこともたしかであって、この種のフェティシズムは、私の言葉に対するフェティシズムと正確に照応していた。

第一段階において、私が自分を言葉の側に置き、現実・肉体・行為を他者の側に置いていたことは明白であろう。言葉に対する私の偏見が、このような故意に作られた二律背反によって助長されたのもたしかであるが、同時に、現実・肉体・行為に対する根強い誤解が、このようにして形成されたのもたしかなことであった。

二律背反は、私がそもそも肉体を所有せず、現実を所有せず、行為を所有しないという前提の下に立っていた。なるほど人生の当初に肉体が私を訪れたのは遅れていたが、すでに言葉を用意してこれを迎えた私は、あの第一の傾向によって、はじめからそれを「私の肉体」として認知しなかったのではないかと思われる。もし私がそれを肉体と認めれば、私の言葉の純潔は失われ、私は現実に冒された者となり、現実はもはや不可避であろう。

面白いことには、私が頑なにそれを認知しまいとしたことは、私の肉体の観念に、はじめから或る美しい誤解がひそんでいたからであった。私は男の肉体が決して「存在」として現われることがないということを知らなかった。私の考えでは、それはいかにも「存在」として現われるべきだったのである。従ってそれが、存在に対するおそるべき逆説、存在することを拒否するところの存在形態として、あからさまな姿を現わしたとき、私は怪物にでも出会ったように狼狽し、それを私一人の例外のごとく思い做した。他の男も、男という男がすべてそうであろうとは、私の想像も及ばぬところであった。

明らかに誤解から生れたものながら、このような狼狽と恐怖が、他に「あるべき肉体」「あるべき現実」を仮構するのは、当然のことであろう。存在することを拒否するところの存在形態を持った肉体を、男の肉体の普遍的な存在様式であるとは夢にも知らなかった私は、かくて「あるべき肉体」を仮構するに際して、すべてその反対の性格を賦与しようと試みた。そして例外的な自分の肉体存在は、おそらく言葉の観念的腐蝕によって生じたものであろうから、「あるべき肉体」「あるべき現実」は、絶対に言葉の関与を免かれていなければならなかった。その肉体の特徴は、造形美と無言ということに尽きたのである。

しかも、私は、一方、言葉の腐蝕作用が、同時に、造型的作用を営むものであるなら、その造型の規範は、このような「あるべき肉体」の造型美に他ならず、言葉の芸術の理想はこのような造型美の模作に尽き、……つまり、絶対に腐蝕されないような現実の探究にあると考えた。

これは一つの明らかな自己矛盾であって、いわば言葉からはその本質的な作用を除去し、現実からはその本質的な特徴を抹殺しようという企てである。しかし一面から云えば、言葉と、その対象としての現実とを、決して相逢わせぬためには、もっとも巧妙で、狡智に充ちた方法である。

このようにして私の精神が、しらずしらず、相矛盾するものの双方に二股をかけ、自分に都合のいいように、架空の神のような立場から、双方を操作しようとしはじめたときに、私は小説を書きはじめた。そして現実と肉体に対する飢渇をますます強めた。

……ずっとあとになって、私は他ならぬ太陽と鉄のおかげで、一つの外国語を学ぶようにして、肉体の言葉を学んだ。それは私のsecond languageであり、形成された教養であったが、私は今こそその教養形成について語ろうと思うのである。それは多分、比類のない教養史になるであろうし、同時に又、もっとも難解なものになるであろう。

幼時、私は神輿の担ぎ手たちが、酩酊のうちに、いうにいわれぬ放恣な表情で、顔をのけぞらせ、甚だしいのは担ぎ棒に完全に項《うなじ》を委ねて、神輿を練り回す姿を見て、かれらの目に映っているものが何だろうかという謎に、深く心を惑わされたことがある。私にはそのような烈しい肉体的な苦難のうちに見る陶酔の幻が、どんなものであるか、想像することもできなかった。そこでこの謎は久しきに亙って心を占めていたが、ずっとあとになって、肉体の言葉を学びだしてから、私は自ら進んで神輿を担ぎ、幼時からの謎を解明する機会をようよう得た。その結果わかったことは、彼らはただ空を見ていたのだった。彼らの目には何の幻もなく、ただ初秋の絶対の青空があるばかりだった。しかしこの空は、私が一生のうちに二度と見ることはあるまいと思われるほどの異様な青空で、高く絞り上げられるかと思えば、深淵の姿で落ちかかり、動揺常なく、澄明と狂気とが一緒になったような空であった。

私は早速この体験を小さなエッセイに書いたが、それが私にとって、いかにも重要な体験だと思われたからだった。

なぜならそのとき、私は自分の詩的直観によって眺めた青空と、平凡な巷の若者の目に映った青空との、同一性を疑う余地のない地点に立っていたからである。このような瞬間こそ、私が久しく待ち設けていたものであるが、それは太陽と鉄の恵みに他ならなかった。なぜ同一性を疑う必要がないかと云えば、一定の肉体的条件を等しくし、一定量の肉体的な負担を頒け合い、等量の苦痛を味わい、等量の酩酊に犯されているからには、その感覚の個人差は無数の条件に制約されて、能うかぎり少なくなり、……しかも麻薬の幻想のような内観的な要素がほとんど排除されているのであれば……、私の見たものは、決して個人的な幻覚でなくて、或る明確な集団的視覚の一片でなければならない。そして私の詩的直観は、あとになって言葉によって想起され再構成される場合に、はじめて特権となるのであって、揺れうごく青空に接しているときの私の視覚は、行為者のパトスの核心に触れていたのである。

そして又、私は、その揺れうごく青空、翼をひろげた獰猛な巨鳥のように、飛び降《くだ》り又翔《か》けのぼる青空のうちに、私が「悲劇的なもの」と久しく呼んでいたところのものの本質を見たのだった。

私の悲劇の定義においては、その悲劇的パトスは、もっとも平均的な感受性が或る瞬間に人を寄せつけぬ特権的な崇高さを身につけるところに生れるものであり、決して特異な感受性がその特権を誇示するところには生れない。したがって言葉に携わる者は、悲劇を制作することはできるが、参加することはできない。しかもその特権的な崇高さは、厳密に一種の肉体的勇気に基づいている必要があった。悲劇的なものの、悲壮、陶酔、明晰などの諸要素は、一定の肉体的な力を具えた平均的感性が、正に自分のために用意されたそのような特権的な瞬間に際会することから生れてくる。悲劇には、反悲劇的な活力や無知、なかんずく、或る「そぐわなさ」が要るのであった。人があるとき神的なものであるためには、ふだんは決して神あるいは神に近いものであってはならなかった。

そしてそのような人間だけが見ることのできるあの異様な神聖な青空を、私も亦見ることができたときに、私ははじめて自分の感受性の普遍性を信じることができ、私の飢渇は癒やされ、言葉の機能に関する私の病的な盲信は取り除かれた。私はそのとき、悲劇に参加し、全的な存在に参加していたのである。

一度こういうものを見ると、私ははじめてまだ知らなかった多くのことを理解した。言葉が神秘化していたものを、筋肉の行使はやすやすと解明した。それはあたかも人々が、エロティスムの意味を知るのと似ている。私には徐々に存在と行為の感覚がわかってきたのである。

そんなことなら私の辿った道は、人より多少遅れて、同じ道を辿ったというにすぎなくなる。しかし、私は又別の私流の企図を持った。もし一個の観念が私の精神に浸潤して、私の精神をその観念で肥大させ、さらにそれが私の精神を占領するような事態が起ったとしても、精神の世界では別段めずらしい出来事ではないが、徐々に肉体と精神の二元論に倦み疲れはじめていた私には、何故このような事件が精神内部で起り、精神の外縁《そとべり》で終ってしまうのかという当然な疑問が湧いた。もちろん精神的な煩悶が胃潰瘍の原因になったりする心身相関的《サイコ・ソマティック》な実例はよく知られている。私の考えたことは、そこに止まらない。もし私の幼時の肉体が、まず言葉に蝕まれた観念的な形姿で現われたのであれば、今はこれを逆用して、一個の観念の及ぶところを、精神から肉体に及ぼし、肉体すべてをその観念の金属でできた鎧にしてしまうことができるのではないかと考えたのだ。

もともとその観念は、私の悲劇の定義でも述べたように、肉体の観念に帰着すべき性質を持っていた。そして私の脳裡では、精神よりも肉体のほうがより高度に観念的であり得、より親密に観念に馴染み得るように思われた。

なぜなら観念《イデア》とはそもそも人間存在にとって一個の異物であり、不随意筋や統御不能の内臓や循環系に充ちた肉体は、精神にとっての異物であって、人は異物としての肉体を、異物としての観念の比喩として語ることさえできるのだ。そして一つの観念の巧みな襲来は、あたかもはじめから、宿命的に賦与されたもののようにさえ感じさせるから、それはますます各人に賦与された肉体との相似を強め、その統御不能の自動的な機能さえ、肉体に酷似してくる筈である。キリスト教の受肉の思想はここに基づき、ある人々は掌と足の甲に聖痕《スティグマ》を現わすことさえできるのである。

しかしわれわれの肉体には一定の制約があり、たとえ或る矯激な観念がわれわれの頭に、一双のいかめしい角を生やすことを望んだところで、角が生えて来ないことは自明である。この制約は最終的には調和と均衡に帰結し、もっとも平均的な美と、あの動揺する青空を見るに足る肉体的資格を与えるだけに終るであろう。それが又、異常な矯激な観念に対する復讐と修正の機能を果すであろう。そしてつねに私を、あの「同一性を疑う余地のない地点」へ連れ戻すであろう。そこで私の肉体は一個の観念の所産であると同時に、観念自体を隠す最上の隠れ蓑となるであろう。肉体が無個性の完璧な調和に達するならば、個性は永久に座敷牢に閉じこめておくことができるにちがいない。私はもともと、精神の怠惰をあらわす太鼓腹や、精神の過度発達をあらわす肋のあらわれた薄い胸などの肉体的個性を、はなはだ醜いものと考えていたが、それらの肉体的個性を自ら愛している人々があるのを知って、おどろかずにはいられなかった。それは精神の恥部を肉体にさらけ出している無恥厚顔な振舞というふうに思いなされた。このようなナルシシスムこそ、私がゆるすことのできない唯一のナルシシスムなのであった。

さて、あの飢渇によって生じた肉体と精神の乖離の主題は、ずいぶん永いあいだ私の作品の中に尾を引いていた。私がその主題から徐々に遠ざかったのは、「肉体にも、固有の論理と、ひょっとすると固有の思考があるかもしれない」と考えはじめてからであり、「造形美と無言だけが肉体の特質ではなく、肉体にもそれ特有の饒舌があるにちがいない」と感じはじめてからのことである。

しかし今私がこんな風に、二つの思考の推移を物語ると、人は必ずや、私がむしろ常識から出発して、非論理的な混迷へ向って進んで行った、と感じるにちがいない。近代社会における肉体と精神の乖離は、むしろ普遍的な現象であって、それについて不平をこぼすことは、誰にも納得のゆく主題であるのに、「肉体の思考」だの「肉体の饒舌」だのという感覚的なたわ言には誰もついては行けず、私がそのような言葉で自分の混迷をごまかしていると感じるかもしれない。

が、私が現実および肉体に対するフェティシズムと、言葉に対するフェティシズムを、正確に相照応するものとして同格に置いたとき、すでに私の発見は、事前に予見されていたと云ってよかろう。造形美に充ちた無言の肉体を、造形美を模した美しい言葉と対応させることによって、同一の観念《イデア》の源から出た二つのものとして同格に置いたとき、すでに私はわれしらず言葉の呪縛から身を解き放っていたといえるのだ。なぜならそれは、無言の肉体の造形美と言葉の造形美との同一起源を認め、肉体と言葉を同格化しうるような、一つのプラトン的な観念を求めはじめていたことを意味し、その段階では、肉体への言葉の投影の試みは、すでに手の届くところにあったからである。もちろんその試み自体は、ひどく非プラトン風な試みであったが、肉体の思考と饒舌について私が語りはじめるには、もうたった一つの体験を経ればよかった。

そしてそれを語るにはまず、私と太陽との最初の出会から述べなくてはならぬ。

奇異な言い方だが、私は太陽に出会った経験が二度あるのだ。ある人物と決定的な出会をして、それから終生離れられなくなるずっと以前に、むこうもこちらに気づかず、こちらもほとんど無意識な状態で、その大切な人物にどこかでちらと出会っていることがあるものだ。私と太陽との出会もそうであった。

最初の無意識の出会は、一九四五年の敗戦の夏。あの戦中戦後の堺目のおびただしい夏草を照らしていた苛烈な太陽。（その堺目は、ただ夏草のなかに半ば埋もれていた、そしてさまざまな方向へ傾《かし》いだ、こわれかけた一連の鉄条網にすぎなかった。）私はその太陽を浴びて歩いていたが、それが自分に対してどういう意味をもつか、よくわからなかった。

あれは大そう緊密で均等な夏の日光で、しんしんと万物の上に降りそそいでいた。戦争が終っても少しも変らずにそこにある緑濃い草木は、この白昼の容赦のない光りに照らし出されて、一つの明晰な幻影として微風にそよいでいた。私はそれらの葉末に私の指が触れても、消え去ろうとしないことにおどろいた。
この同じ太陽が、すぐる月日、すぐる年月《としつき》、全的な腐敗と破壊に関わってきたのだった。もちろんそれは、出撃する飛行機の翼や、銃剣の林や、軍帽の徽章や、軍旗の縫取りを、鼓舞するように輝やかしてきたにはちがいないが、それよりもずっと多く、肉体からとめどもなく洩れる血潮と、傷口にたかる銀蠅の胴を輝やかせ、腐敗を司り、熱帯の海や山野における多くの若い死を宰領し、最後にあの地平線までひろがる赤銹いろの広大な廃墟を支配してきたのであった。
太陽は死のイメージと離れることがなかったから、私はそれから肉体上の恵みをうけることになろうとは、夢にも思っていなかった。それまでもちろん、戦時中の太陽は光輝と栄誉のイメージをも保ちつづけてはいたが。
すでに十五歳の私は次のような詩句を書いていた。
「それでも光りは照ってくる
ひとびとは日を讃美する
わたしは暗い坑のなか
陽を避け　魂《たま》を投げ出《い》だす」

何と私は仄暗い室内を、本を積み重ねた机のまわりを、私の「坑」を愛していたことだろう。何と私は内省をたのしみ、思索を装い、自分の神経叢の中のかよわい虫のすだきに聴き惚れていたことだろう。

太陽を敵視することが唯一の反時代的精神であった私の少年時代に、私はノヴァーリス風の夜と、イエーツ風のアイリッシュ・トゥワイライトとを偏愛し、中世の夜についての作品を書いたが、終戦を堺として、徐々に私は、太陽を敵に回すことが、時代におもねる時期が来つつあるのを感じた。

そのころ書かれ、あるいは世に出た文学作品には、夜の思考が支配的であり、ただ彼らの夜は私の夜に比べて、はるかに非耽美的であるだけのちがいにすぎなかった。そして時代は、稀薄な夜よりも濃厚な夜により多くの敬意を払い、少年時代にあれほどたっぷり身をひたしていた私自身の蜜のように濃厚な夜も、かれらの目からはひどく稀薄な夜と見えるらしかった。私は次第次第に、戦時中に自分の信じた夜に自信を失い、ひょっとすると私は終始一貫、太陽を崇める側に属していたのではないか、と考えるようになった。もしかすると、そうかもしれなかった。そしてもしそれが事実なら、今私が依然として太陽を敵にまわしていることは、そして私流の小さな夜を主張しつづけることは、時代へのおもねりにすぎないのではないかと疑われた。

夜の思考を事とする人間は、例外なく粉っぽい光沢のない皮膚をもち、衰えた胃袋を持っていた。かれらは或る時代を一つのたっぷりした思想的な夜で包もうとしていたし、私の見たあらゆる太陽を否定していた。私の見た生をも、私の見た死をも、否定していた。何故なら太陽はその双方に関わっていたからである。

一九五二年に、私がはじめての海外旅行へ出た船の上甲板で、太陽とふたたび和解の握手をしたことは、ほかにも書いたから、ここには省こう。ともあれそれは、私と太陽との二度目の出会であった。

爾来、私は太陽と手を切ることができなくなった。太陽は私の第一義の道のイメージと結びついた。そして徐々に太陽は私の肌を灼き、私にかれらの種族の一員としての刻印を捺した。

しかし、思考は本質的に夜に属するのではないだろうか？　言葉による創造は、必然的に、夜の熱い闇のなかで営まれるのではないだろうか？　私は依然、夜を徹して仕事をする習慣を失っていなかったし、私のまわりには、夜の思考の跡を、その皮膚にありありと示している人々がいた。

再びしかし、人々はなぜ深みを、深淵を求めるのだろうか？　思考はなぜ測量錘のように垂直下降だけを事とするのだろうか？　思考がその向きを変えて、表面へ、表面へと、垂直に昇ってゆくことがどうして叶わぬのだろうか？

人間の造形的な存在を保証する皮膚の領域が、ただ感性に委ねられて放置されるままに、もっとも軽んぜられ、思考は一旦深みを目ざすと不可視の深淵へはまり込もうとし、一旦高みを目ざすと、折角の肉体の形をさしおいて、同じく不可視の無限の天空の光りへ飛び去ろうとする、その運動法則が私には理解できなかった。もし思考が上方であれ下方であれ、深淵を目ざすのがその原則であるなら、われわれの個体と形態を保証し、われわれの内界と外界をわかつところの、その重要な境界である「表面」そのものに、一種の深淵を発見して、「表面それ自体の深み」に惹かれないのは、不合理きわまることに思われた。

太陽は私に、私の思考をその臓器感覚的な夜の奥から、明るい皮膚に包まれた筋肉の隆起へまで、引きずり出して来るようにそそのかしていた。そうして少しずつ表面へ泛び上って来る私の思考を、堅固に安心して住まわせることのできるように、私に新らしい住家を用意せよと命じていた。その住家とは、よく日に灼け、光沢を放った皮膚であり、敏感に隆起する力強い筋肉であった。正にこういう住家が要求され、こういう調度が条件とされるために、「形の思想」「表面の思想」は、多くの知識人たちに親しまれずに終ったのにちがいない。

病んだ内臓によって作られる夜の思想は、思想が先か内臓のほんのかすかな病的兆候が先かを、ほとんどその人が意識しないあいだに形づくられている。しかし肉体は、目に見えぬ奥処《おくが》で、ゆっくりとその思想を創造し管理しているのである。これに反して、誰の目にも見える表面が、表面の思想を創造し管理するには、肉体的訓練が思考の訓練に先立たねばならぬ。私がそもそも「表面」の深みに惹かれたそのときから、私の肉体訓練の必要は予見されていた。

私はそのような思想を保証するものが、筋肉しかないことを知っていた。病み衰えた体育理論家を誰が顧るだろうか。書斎にいて夜の思想を操ることは許されても、蒼ざめた書斎人が肉体について語るときの、非難であれ讃嘆であれ、その唇ほど貧寒なものがあろうか。これらの貧しさについて私はよく知りすぎていたので、ある日卒然と、自分も筋肉を豊富に持とうと考えた。

こうしてすべてが私の「考え」から生れるところに、どうか目を注《そそ》いでもらいたい。肉体訓練によって、不随意筋と考えられていたものが随意筋に変質するように、思考の訓練も、そういう変質を齎すことを私は信じている。肉体も思考も、一種の自然法則とさえ名付けたいような不可避の傾向によって、オートマティスムに陥りやすいものであるが、小さな水路を穿《うが》てば容易に水流を変えうることは、私がすでにしばしば体験したところである。

われわれの肉体と精神の共通性の一例がここにもあり、或る時点で、或る観念に統括された肉体や精神は、たちまちそこに「見せかけの秩序」の整った小宇宙を形成する傾きがあるのである。それは一つの休止であるのに、あたかも活潑な求心的な活動という風に感じられる。肉体や精神の、こういう須臾にして小宇宙をつくり上げる形成作用は、幻のはたらきに似ているが、われわれの生命のつかのまの幸福感は、このような「見せかけの秩序」に負うところが多い。それは外部の混沌に対して、針鼠が丸く身をちぢめるような生命の防衛機能ともいえるであろう。

これから考えられることは、一つの「見せかけの秩序」を打破して、別の「見せかけの秩序」を作り上げ、生命のこのような頑固な形成作用を逆用して、自分の目的に叶う方向へ向けてやることは、できない相談ではないということだ。その「考え」を私はすぐ実行に移す。こんな場合の私の「考え」は、思考というよりも、日々の太陽が私に与える、新しいその日その日の一つの企図だと云ってよかった。

こうして私の前に、暗く重い、冷たい、あたかも夜の精髄をさらに凝縮したかのような鉄の塊が置かれた。

以後十年にわたる鉄塊と私との、親しい付合はその日にはじまった。

鉄の性質はまことにふしぎで、少しずつその重量を増すごとに、あたかも秤のように、その一方の秤皿の上に置かれた私の筋肉の量《かさ》を少しずつ増してくれるのだった。まるで鉄には、私の筋量との間に、厳密な平衡を保つ義務があるかのようだった。そして少しずつ私の筋肉の諸性質は、鉄との類似を強めて行った。この徐々たる経過は、次第に難しくなる知的生産物を脳髄に与えることによって、脳を知的に改造してゆくあの「教養」の過程にすこぶる似ていた。そして外的な、範例的な、肉体の古典的理想形がいつも夢みられており、教養の終局の目的がそこに存する点で、それは古典主義的な教養形成によく似ていたのである。

しかし、本当は、どちらがどちらに似ていたのであろうか？　私はすでに言葉を以て、肉体の古典的形姿を模そうと試みていたではないか。私にとっては、美はいつも後退《あとずさ》りをする。かつて在った、あるいはかつて在るべきであった姿しか、私にとっては重要でない。鉄塊は、その微妙な変化に富んだ操作によって、肉体のうちに失われかかっていた古典的均衡を蘇らせ、肉体をあるべきであった姿に押し戻す働らきをした。

近代生活に於てほとんど不要になった筋肉群は、まだわれわれ男の肉体の主要な構成要素であるが、その非実用性は明らかで、大多数のプラクティカルな人々にとって古典的教養が必要でないように、隆々たる筋肉は必要でない。筋肉は次第次第に、古代希臘語のようなものになっていた。その死語を蘇らすには、鉄による教養が要り、その死の沈黙をいきいきとした饒舌に変えるには、鉄の助力が要るのだった。

鉄が私の精神と肉体との照応を如実に教えた。すなわち柔弱な情緒は柔弱な筋肉と照応しており、感傷は弛緩した胃と、感受性は過敏な白い皮膚と、それぞれ照応していると考えられたから、隆々たる筋肉は果敢な闘志と、張り切った胃は冷静な知的判断と、強靱な皮膚は剛毅な気性と照応している筈であった。念のために言っておくが、私は一般に人間がそういうものだと言おうとしているのではない。私の乏しい観察によっても、隆々たる筋肉が弱気な心を内に蔵《かく》している例は枚挙にいとまがなかった。ただ前述したように、私にとっては肉体よりも先に言葉が来たのであるから、果敢、冷静、剛毅などの、言語が呼びおこす諸徳性の表象は、どうしても肉体的表象として現われねばならず、そのためには自分の上に、一つの教養形成として、そのような肉体的特性を賦与すればよかったのである。

さらに私には、そうした古典的形成の果てに、浪曼的企図がひそんでいた。すでに少年時代から私の裡に底流していた浪曼主義的衝動は、一つの古典的完成の破壊としてのみ意味があったが、それは全曲のさまざまな主題を含んだ序曲のように私の中で用意され、私が何一つ得ぬうちから、決定論的な構図を描いていた。すなわち私は、死への浪曼的衝動を深く抱きながら、その器《うつわ》として、厳格に古典的な肉体を要求し、ふしぎな運命観から、私の死への浪曼的衝動が実現の機会を持たなかったのは、実に簡単な理由、つまり肉体的条件が不備のためだったと信じていた。浪曼主義的な悲壮な死のためには、強い彫刻的な筋肉が必須のものであり、もし柔弱な贅肉が死に直面するならば、そこには滑稽なそぐわなさがあるばかりだと思われた。十八歳のとき、私は夭折にあこがれながら、自分が夭折にふさわしくないことを感じていた。なぜなら私はドラマティックな死にふさわしい筋肉を欠いていたからである。そして私を戦後へ生きのびさせたものが、実にこのそぐわなさにあったということは、私の浪曼的な矜りを深く傷つけた。

とはいえ、それらの観念上の葛藤は、すべて、なおまだ何一つ得ていない人間の、序曲の中の葛藤にすぎなかった。私はいずれ何かを得、何かを壊せばよかった。その手がかりを与えてくれたものこそ、鉄塊だったのである。

多くの人が知的形成をある程度完成してそこで満足する地点で、私にとっては、知性が決して柔和な教養として現われず、ただ武器として生きるための手段としてしか与えられていなかったことを、発見しなければならなかった。そこで私の教養のためには、肉体鍛練が必須のものとなったが、これはあたかも、生きるための手段として肉体しか持たなかった人間が、青春の終りに臨んで、しゃにむに知的教養を身につけようとしはじめるのに似ていたと云えよう。

さて、私は鉄を介して、筋肉に関するさまざまなことを学んだ。それはもっとも新鮮な知識であり、書物も世故も決して与えてくれることのない知識であった。筋肉は、一つの形態であると共に力であり、筋肉組織のおのおのは、その力の方向性を微妙に分担し、あたかも肉で造り成された光りのようだった。

力を内包した形態という観念ほど、かねて私が心に描いていた芸術作品の定義として、ふさわしいものはなかった。そしてそれが光り輝やいた「有機的な」作品でなければならぬ、ということ。

そうして作られた筋肉は、存在であることと作品であることを兼ね、逆説的にも、一種の抽象性をすら帯びていた。ただ一つの宿命的な欠陥は、それが生命に密着しすぎているために、やがて生命の衰退と共に衰え、滅びなければならぬということであった。

このふしぎな抽象性については後に述べることにして、筋肉は私にとってもっとも望ましい一つの特性、言葉の作用と全く相反した一つの作用を持っていた。それは言葉の起源について考えてみればよくわかることである。言葉ははじめ、普遍的な、感情と意志の流通手段として、あたかも石の貨幣のように、一民族の間にゆきわたる。それが手垢に汚れぬうちは、みんなの共有物であり、従って又、それは共通の感情をしか表現することができない。しかし次第に言葉の私有と、個別化と、それを使う人間のほんのわずかな恣意とがはじまると、そこに言語の芸術化がはじまるのである。まず私の個性をとらえ、私を個別性の中へ閉じ込めようと、羽虫の群のように襲いかかってきたのはこの種の言葉だった。しかし、襲われた私は全身を蝕まれながらも、敵の武器でもあり弱点でもある普遍性を逆用して、自分の個性の言葉による普遍化に、多少の成功を納めたのであった。

その成功は、だが、「私は皆とはちがう」という成功であり、本質的に、言葉の起源と発祥に背《そむ》いている。言語芸術の栄光ほど異様なものはない。それは一見普遍化を目ざしながら、実は、言葉の持つもっとも本源的な機能を、すなわちその普遍妥当性を、いかに精妙に裏切るか、というところにかかっている。文学における文体の勝利とは、そのようなものを意味しているのである。古代の叙事詩の如き綜合的な作品は別として、かりにも作者の名の冠せられた文学作品は、一つの美しい「言語の変質」なのであった。

みんなの見る青空、神輿の担ぎ手たちが一様に見るあの神秘な青空については、そもそも言語表現が可能なのであろうか？

私のもっとも深い疑問がそこにあったことは前にも述べたとおりであり、鉄を介して、私が筋肉の上に見出したものは、このような一般性の栄光、「私は皆と同じだ」という栄光の萌芽である。鉄の苛酷な圧力によって、筋肉は徐々に、その特殊性や個性（それはいずれも衰退から生じたものだ）を失ってゆき、発達すればするほど、一般性と普遍性の相貌を帯びはじめ、ついには同一の雛型に到達し、お互いに見分けのつかない相似形に達する筈なのである。その普遍性はひそかに蝕まれてもいず、裏切られてもいない。これこそ私にとってもっとも喜ばしい特性と言えるものだった。

そこに、これほど目にも見え、手にも触れられる筋肉というものの、独自の抽象性がはじまるのである。言葉に比べて、コミュニケーションの欠如を本質とする筋肉は、コミュニケーションの手段としてのふつうの抽象性を持ちうる筈もない。しかし……

ある夏の日《ひ》私は、鍛練に熱した筋肉を、風通しのよい窓ぎわへ行って冷《さま》していた。汗はたちまち退き、筋肉の表面を薄荷のような涼しさが通りすぎた。そのとき、私の中から筋肉の存在感は一瞬のうちに拭い去られ、あたかも言葉がその抽象作用によって具体的な世界を嚙み砕いてしまうように、そして、それによって、言葉があたかも存在しなかったかの如く感じられてしまうように、今、私の筋肉が、一つの世界を確実に嚙み砕き、嚙み砕いたあとでは、あたかも筋肉が存在しなかったかの如く感じられた。

筋肉はそのとき何を嚙み砕いたのか？

筋肉はわれわれが通例好加減に信じている存在の感覚を嚙み砕き、それを一つの透明な力の感覚に変えてしまっていた。これこそ私が、その抽象性と呼ぶところのものである。鉄の行使がすでにしつこく暗示していたように、筋肉と鉄との関係は相対的であり、われわれと世界との関係によく似ていた。すなわち、力が対象を持たなければ力でありえないような存在感覚が、われわれと世界との基本的な関係であり、そのかぎりにおいてわれわれは世界に依存し、私は鉄塊に依存していたのである。そして私の筋肉が徐々に鉄との相似を増すように、われわれは世界によって造られてゆくのであるが、鉄も世界もそれ自身存在感覚を持っている筈もないのに、愚かな類推から、しらずしらず鉄や世界も存在感覚を持っているようにわれわれは錯覚してしまう。そうしなければわれわれ自身の存在感覚の根拠をたしかめられないような気がするし、アトラスはその肩に荷う地球を、次第に自分と同類のものと思い做すだろう。かくてわれわれの存在感覚は対象を追い求め、いつわりの相対的世界にしか住むことができないのである。

なるほど一定量の鉄塊を持ち上げているとき、私は自分の力を信ずることができた。私は汗ばみ、喘ぎ、力の確証を求めて闘っていた。そのとき力は私のものであると同時に、鉄のものでもあった。私の存在感覚は自足していた。

だが、筋肉は鉄を離れたとき絶対の孤独に陥り、その隆々たる形態は、ただ鉄の歯車と嚙み合うように作られた歯車の形にすぎぬと感じられた。涼風の一過、汗の蒸発、……それと共に消え去る筋肉の存在。……しかし、筋肉はこのときもっとも本質的な働らきをし、人々の信じているあいまいな相対的な存在感覚の世界を、その見えない逞しい歯列で嚙み砕き、何ら対象の要らない、一つの透明無比な力の純粋感覚に変えるのである。もはやそこには筋肉すら存在せず、私は透明な光りのような、力の感覚の只中にいた。

書物によっても、知的分析によっても、決してつかまえようのないこの力の純粋感覚に、私が言葉の真の反対物を見出したのは当然であろう。すなわちそれは、徐々に私の思想の核になったのである。

……思想の形成は、一つのはっきりしない主題のさまざまな言い換えの試みによってはじまる。釣師がさまざまな釣竿を試し、剣道家がさまざまな竹刀を振ってみて、自分に適した寸法と重みを発見するように、思想が形成されようとするときには、或るまだ定かでない観念をいろいろな形に言い換えてみて、ついに自分に適した寸法と重みを発見したときに、思想は身につき、彼の所有物になるのであろう。

私は力の純粋感覚を体得したとき、正にそれこそ私の思想の核となる予感があったが、言うに言われない喜びが生れて、自分はそれを一つの思想として身につける前に、存分にそれと戯れてやろうという愉しみを心に抱いた。この戯れとは、時間を遷延し凝固するのを妨げながら、しかも、不断に、その形成へのさまざまな試みをつづけることであり、多くの試みを通じて、再びあの純粋感覚に立ち戻って、それをたしかめることであり、あたかも骨をもらった犬が、骨の放つ本質的な好餌の匂いに魅せられながら、その魅せられてある時間をなるたけ引き延ばして、骨と戯れているようなものである。

私にとっての次の言い換えの試みは、拳闘であり、剣道であったが、それについては後に述べるとして、力の純粋感覚の言い換えが、拳の一閃や、竹刀の一撃へ向うのは当然だった。拳の一閃の先、竹刀の一撃の先に存在するものこそ、筋肉から放たれる不可見の光りのもっともあらたかな確証だったからだ。それは肉体の感覚器官の及ぶ紙一重先にある、「究極感覚」ともいうべきものへの探究の試みであった。

そこには、何もない空間に、たしかに「何か」がひそんでいた。力の純粋感覚を以てしても、その一歩手前へまでしか到達できないのだが、まして知性や芸術的直観では、その十歩二十歩手前へさえ行けないのである。なるほど芸術は何らかの形で、それを「表現」することはできるだろう。しかし表現には媒体が要り、私の場合は、その媒体たる言葉の抽象作用がすべての妨げをなすと考えられたから、表現という行為自体の疑わしさからはじめた者が、表現で満足する筈はなかった。

言葉に対する呪咀は、当然、表現行為の本質的な疑わしさに思い及ぶにちがいない。何故、われわれは言葉を用いて、「言うに言われぬもの」を表現しようなどという望みを起し、或る場合、それに成功するのか。それは、文体による言葉の精妙な排列が、読者の想像力を極度に喚起するときに起る現象であるが、そのとき読者も作者も、想像力の共犯なのだ。そしてこのような共犯の作業が、作品という「物」にあらざる「物」を存在せしめると、人々はそれを創造と呼んで満足する。

現実において、言葉は本来、具象的な世界の混沌《カオス》を整理するためのロゴスの働きとして、抽象作用の武器を以て登場したのであったが、その抽象作用を逆用して、言葉のみを用いて、具象的な物の世界を現前せしめるという、いわば逆流する電流の如きものが、表現の本質なのであった。あらゆる文学作品が、一つの美しい「言語の変質」だと、私が前に述べたのも、このことと照応している。表現とは、物を避け、物を作ることだ。

想像力という言葉によって、いかに多くの怠け者の真実が容認されてきたことであろうか。肉体をそのままにして、魂が無限に真実に近づこうと逸脱する不健全な傾向を、想像力という言葉が、いかに美化してきたことであろうか。他人の肉体の痛みをわが痛みの如く感ずるという、想像力の感傷的側面のおかげで、人はいかに自分の肉体の痛みを避けてきたことであろうか。又、精神的な苦悩などという、価値の高低のはなはだ測りにくいものを、想像力がいかに等しなみに崇高化してきたことであろうか。そして、このような想像力の越権が、芸術家の表現行為と共犯関係を結ぶときに、そこに作品という一つの「物」の擬制が存在せしめられ、こうした多数の「物」の介在が、今度は逆に現実を歪め修正してきたのである。その結果は、人々はただ影にしか接触しないようになり、自分の肉体の痛みと敢て親しまないようになるであろう。

拳の一閃、竹刀の一打の彼方にひそんでいるものが、言語表現と対極にあることは、それこそは何かきわめて具体的なもののエッセンス、実在の精髄と感じられることからもわかった。それはいかなる意味でも影ではなかった。拳の彼方、竹刀の剣尖《けんせん》の彼方には、絶対に抽象化を拒否するところの、(ましてや抽象化による具体表現を全的に拒否するところの)、あらたかな実在がぬっと頭をもたげていた。

そこにこそ行動の精髄、力の精髄がひそんでいると思われたが、それというのも、その実在はごく簡単に「敵」と呼ばれていたからである。

敵と私とは同じ世界の住人であり、私が見るときには敵は見られ、敵が見るときには私が見られ、しかも何ら想像力の媒介に頼らずに対し合い、相互に行動と力の世界、すなわち「見られる」世界に属していた。敵はいかなる意味でも観念《イデア》ではなかった。何故なら、イデアへ到達するためにわれわれは一歩一歩言語表現の階梯を昇りつめ、ひたすらイデアを見つめることによって、光明に盲いるまでにいたるであろうが、イデアは決してわれわれを見返すことがない。われわれが見る一瞬毎につねに見返されている世界では、言語表現の暇は与えられることがない。表現者はその世界の外に位置しなければならない。そうすればその世界全体は、表現者を見返すことがないから、表現者は、見、かつ、言語を以てゆっくり表現する暇を与えられる。しかし彼は、

「見返す実在」の本質には決して到達することができないのである。

拳の一閃、竹刀の一打のさきの、何もない空間にひそんで、じっとこちらを見返すところの、敵こそは「物」の本質なのであった。イデアは決して見返すことがなく、物は見返す。言語表現の彼方には、獲得された擬制の物（作品）を透かしてイデアが揺曳し、行動の彼方には、獲得された擬制の空間（敵）を透かして物が揺曳する筈だ。そしてその物とは、行動家にとって、想像力の媒介なしに接近を迫られるところの死の姿であり、いわば闘牛士にとっての黒い牡牛なのだ。

それにしても、私は意識の極限にそれが現われるのでなくては、容易に信じることができず、意識の肉体的保障としては、受苦しかないこともおぼろげに感じ取っていた。苦痛の裡にはたしかに或る光輝があり、それは力のうちにひそむ光輝と、深い類縁を持っていた。

あらゆる行動の技術が、修練の反復によって無意識界を染めなしたあとでなくては、何ら効力を発揮しないということは、誰しも経験することであるが、私の興味の持ち方は、これとは多少ちがっていた。すなわち一方では、肉体＝力＝行動の線上に、私の意識の純粋実験の意欲が賭けられており、一方では、染めなされた無意識の反射作用によって肉体が最高度の技倆を発揮する瞬間に、私の肉体の純粋実験の情熱が賭けられており、この相反する二つの賭の合致する一点、つまり意識の絶対値と肉体の絶対値とがぴったりとつながり合う接合点のみが、私にとって真に魅惑的なものだったからである。

もともと、麻薬やアルコホルによる意識の混迷は、私の欲するところではなかった。意識が明晰なままで究極まで追究され、どこの知られざる一点で、それが無意識の力に転化するかということにしか、私の興味はなかった。それなら、意識を最後までつなぎとめる確実な証人として、苦痛以上のものがあるだろうか。たしかに意識と肉体的苦痛の間には相互的な関係があり、肉体的苦痛を最後までつなぎとめる確実な証人としても亦、意識以上のものはないのである。

苦痛とは、ともすると肉体における意識の唯一の保証であり、意識の唯一の肉体的表現であるかもしれなかった。筋肉が具わり、力が具わるにつれて、私の裡には、徐々に、積極的な受苦の傾向が芽生え、肉体的苦痛に対する関心が深まって来ていた。しかしどうかこれを、想像力の作用だと考えないでもらいたい。私はそれを肉体を以て直に、太陽と鉄から学んだのである。

グローヴにしろ竹刀にしろ、その打撃の瞬間は、敵の肉体に対する直接の攻撃というよりも、正確な打撃であればあるほど、カウンター・ブロウのように感じられることは、多くの人の体験することであろう。自分の打撃、自分の力によって、空間に一つの凹みが生ずる。そのとき敵の肉体が、正確にその空間の凹みを充たし、正にその凹みそっくりの形態をとるときに、打撃は成功したのだ。

では、なぜそのように感じられ、なぜその打撃が成功するのか。それは打撃の機会が時間的にも空間的にも正当に選ばれたからであるが、その選択、その判断は、敵が瞬時に見せる隙をとらえることから起り、その隙が見えてくるにいたる直前に、その隙を直観していたからである。その直観は自分に知られない或るもので、永い修練過程に会得されたものである。見えてからでは遅いのだ。つまりあの剣尖《けんせん》の先にある空間にひそむ何ものかが、一つの形態をとってからでは遅いのだ。そしてそれが形態をとった瞬間には、すでにこちらの指定し創造した空間の凹みに、ぴったりはまり込んでいなければならないのだ。これこそは格技における勝利の刹那である。

筋肉の創造の過程における、あの力が形態を作り出し、かつ、形態が力を作り出すのろい経緯は、戦いのさなかには、目にも見えぬ迅速なスピードで繰り返されていた。光りにも似た力の放射は、形を崩壊させ、又、形を作り出しつつ継起していた。私は正しい美しい形態が、醜い不正確な形態を打ち負かすのを見た。形態の歪みには必ず隙があり、そこから放射される力の光線は乱れていた。

敵手が敗れるときに、敵手は私の指定した空間の凹みに自分の形態を順応させることによって敗れるのだが、そのとき私の形態は正しく美しく持続していなければならない。そして形態自体が極度の可変性を秘めた、柔軟無比、ほとんど流動体が一瞬にえがく彫刻のようなものでなければならない。流動している水の持続が噴水の形を保つように、力の光りの持続が一つの像を描くのでなければならない。

かくて、あれほど永い時間をかけた太陽と鉄の練磨は、このような流動性の彫刻を造る作業であり、そうしてできた肉体が厳密に生に属している以上、一瞬一瞬の光輝だけに、そのすべての価値がかかっている筈であった。だからこそ人体彫刻は、不朽の大理石を以て、一瞬間の肉体の精華を記念するのだ。

従って、死はそのすぐ向うに、その一瞬につづく次の一瞬にひしめいていた。

英雄主義の内面的理解の緒を、私はたしかにつかみつつあると感じていた。あらゆる英雄主義を滑稽なものとみなすシニシズムには、必ず肉体的劣等感の影がある。英雄に対する嘲笑は、肉体的に自分が英雄たるにふさわしくないと考える男の口から出るに決っている。そのような場合、普遍的一般的に見せかけた論理を操る言語表現が、筆者の肉体的特徴を現わさないことは、（少くとも世間一般からは、現わさないと考えられていることは）、何という不正直なことであろう。私はかつて、彼自身も英雄と呼ばれておかしくない肉体的資格を持った男の口から、英雄主義に対する嘲笑がひびくのをきいたことがない。シニシズムは必ず、薄弱な筋肉か過剰な脂肪に関係があり、英雄主義と強大なニヒリズムは、鍛えられた筋肉と関係があるのだ。なぜなら英雄主義とは、畢竟するに、肉体の原理であり、又、肉体の強壮と死の破壊とのコントラストに帰するからであった。

自意識が発見する滑稽さを粉砕するには、肉体の説得力があれば十分なのだ。すぐれた肉体には悲壮なものはあるが、みじんも滑稽なものはないからである。しかし肉体を終局的に滑稽さから救うものこそ、健全強壮な肉体における死の要素であり、肉体の気品はそれによって支えられねばならなかった。闘牛士のあの華美な、優雅な衣裳は、もしその職業が死と一切関わりがないものであったら、どんなに滑稽に見えることであろう。

だが、肉体を用いて究極感覚を追求しようとするときに勝利の瞬間はつねに感覚的に浅薄なものでしかなかった。敵とは、「見返す実在」とは、究極的には死に他ならない。誰も死に打ち克つことができないとすれば、勝利の栄光とは、純現世的な栄光の極致にすぎない。そのような純現世的な栄光ならば、われわれは言語芸術の力を以てしても、多少類似のものを獲得できないわけではない。

しかし、すぐれた彫刻、たとえばデルフォイの青銅馭者像のように、勝利の瞬間の栄光と矜りと含羞とを、如実に不朽化した作品にあらわれているものは、その勝利者の像のすぐ向う側に、ひたひたと押し寄せている死の姿である。それは同時に、彫刻芸術の空間性の限界を象徴的に提示して、人生の最高の栄光の向う側には衰退しかないことを暗示している。彫刻家は、不遜にも、生の最高の瞬間をしか捕えようとしなかった。

肉体における厳粛さと気品が、その内包する死の要素にしかないとすれば、そこにいたる間道は、苦痛の裡、受苦の裡、生の確証としての意識の持続の裡に、こっそりと通じている筈だった。そして激烈な死苦と隆々たる筋肉とは、もしこの二つが巧みに結合される事件が起れば、宿命というものの美学的要請にもとづいて起るとしか思われなかった。尤も、宿命というものが、めったに美学的要請に耳を貸さないことはよく知られている。

少年時代の私といえども、各種の肉体的苦痛を知らぬではなかったが、それは少年の混乱した頭脳と過敏な感受性によって、精神的苦痛とごちゃまぜにされていた。三八式の銃を担って、強羅から仙石原、さらに乙女峠をこえて富士の裾野にいたる行軍は、たしかに中学生にとって辛い苦行であったが、私はこの受苦のうちに、ひたすら受身の精神的苦痛のみを見出していた。私には進んで苦痛を求め、進んで苦痛を身に引受けようとする肉体的な勇気が欠けていた。

勇気の証明としての受苦は、遠い原始的な成年儀式の主題であるが、あらゆる成年式は又、死と復活の儀礼であった。勇気、なかんずく肉体的勇気というものの中に、意識と肉体との深い相剋が隠れていることを、人々はもう忘れている。意識は一見受身のように思われ、行動する肉体こそ「果敢」の本質のように見えるのだが、肉体的勇気のドラマに於ては、この役割は実は逆になる。肉体は自己防衛の機能へひたすら退行し、明晰な意識のみが、肉体を飛び翔たせる自己放棄の決断を司る。その意識の明晰さの極限が、自己放棄のもっとも強い動因をなすのである。

苦痛を引受けるのは、つねに肉体的勇気の役割であり、いわば肉体的勇気とは、死を理解して味わおうとする嗜欲の源であり、それこそ死への認識能力の第一条件なのであった。書斎の哲学者が、いかに死を思いめぐらしても、死の認識能力の前提をなす肉体的勇気と縁がなければ、ついにその本質の片鱗をもつかむことがないだろう。断わっておくが、私は「肉体的」勇気のことを言っているのであり、いわゆる知識人の良心だの、知識人の勇気などと称するものは、私の関知するところではない。

それにしても私は、竹刀がもはや剣の直接的象徴ではないような時代に生きており、居合抜の真剣は、ただ空間を斬るにすぎなかった。剣道にはあらゆる男らしさの美が凝集していたが、その男らしさがもはや社会的に無用の性質のものである点では、ただ想像力に依拠している芸術と大差がなかった。私はその想像力を憎んだ。私にとって剣道とは、一切想像力の媒介を許さぬものでなければならなかった。

夢想家ほど、その夢想の過程をなすところの想像力を憎む人間はいないことを、よく知っている皮肉屋たちは、ひそかに私の告白を嗤うだろうと思う。

しかし私の夢想はいつか私の筋肉になったのだ。そこに出来上り、そこに存在している筋肉は、他人の想像力ならいくらでも許すだろうが、もはや私自身の想像力の容喙を許さなかった。私は見られる人間たちの世界を急速に知るにいたった。

他人の想像力の餌食になり、自分が一切想像力を持たないことが筋肉の特質であるなら、私はそれを一歩進めて、自他共に想像力の余地を残さぬような純粋行為を、剣道のうちに求めていた。その望みは果たされたと思われる時もあり、思われぬ時もあった。しかしともあれ、それは戦い、疾走し、叫んでいる力だった。

行為における熱狂的な瞬間を、重い、暗い、いつも均質な、静的な筋肉群は、どのように知っていたであろうか。私は、いかなる精神的緊張のさなかにも、せせらぎのような流れを絶やさない、意識の清冽を愛していた。熱狂という赤銅が、意識の銀にいつも裏打ちされていることは、私だけの知的な特性だと考えることはもはやできなかった。それが熱狂をして熱狂たらしめる真の理由なのだ。なぜなら、私は、静的によく構成され押し黙っている力強い筋肉こそ、私の意識の明晰さの根源であることを信じはじめていたからである。時たま防具外れの打撃が筋肉に与える痛みは、すぐさまその痛みを制圧するさらに強靱な意識を生み、切迫する呼吸の苦しさは、熱狂によるその克服を生み、……私はかくして、永いこと私に恵みを授けたあの太陽とはちがったもう一つの太陽、暗い激情の炎に充ちたもう一つの太陽、決して人の肌を灼かぬ代りに、さらに異様な輝やきを持つ、死の太陽を垣間《かいま》見ることがあった。

そして知性にとっては、第一の太陽が危険であるよりもずっと、第二の太陽が本質的に危険なのであった。何よりもその危険が私を喜ばせた。

……さて、そのあいだ、私は言葉とどのようにして付合ってきたであろうか。

すでに私は私の文体を私の筋肉にふさわしいものにしていたが、それによって文体は撓《しな》やかに自在になり、脂肪に類する装飾は剝ぎ取られ、筋肉的な装飾、すなわち現代文明の裡では無用であっても、威信と美観のためには依然として必要な、そういう装飾は丹念に維持されていた。私は単に機能的な文体というものを、単に感覚的な文体と同様に愛さなかった。

しかしそれは孤島であった。私の肉体が孤立しているのと等しく、私の文体も孤絶の堺にあった。受容する文体ではなく、ひたすら拒否する文体。私は何よりも格式を重んじ、(私自身の文体が必ずしもそうだというのではないが)、冬の日の武家屋敷の玄関の式台のような文体を好んだのである。

もちろんそれは日に日に時代の好尚から背いて行った。私の文体は対句《ついく》に富み、古風な堂々たる重味を備え、気品にも欠けていなかったが、どこまで行っても式典風な荘重な歩行を保ち、他人の寝室をもその同じ歩調で通り抜けた。私の文体はつねに軍人のように胸を張っていた。そして、背をかがめたり、身を斜めにしたり、膝を曲げたり、甚だしいのは腰を振ったりしている他人の文体を軽蔑した。

姿勢を崩さなければ見えない真実がこの世にはあることを、私とて知らぬではない。しかしそれは他人に委せておけばすむことだった。

私の中でひそかに芸術と生活、文体と行動倫理との統一が企てられはじめていた。筋肉や行動規範に文体が似ているならば、その機能は明らかに、想像力の放恣に対してこれを抑制することである。その結果見捨てられる真実などは物の数ではなかった。

又その文体が混沌や曖昧さの恐怖と戦慄を逸したところで、私は意に介しなかった。私は真実のうちから一定の真実だけを採用することにし、網羅的な真実を志向することがなかった。敢て、弱々しい醜い真実は見捨て、想像力の惑溺が人に及ぼす病的な影響に対しては、精神の一種の外交辞令を以て相渉るように心がけた。しかしその影響を軽視したり等閑視したりするのは明らかに危険であった。建てつらねた文体の城壁の外側から、見えざる想像力の病的な伏勢は、いつ卑怯な夜襲を仕掛けてくるかわからなかった。私は夜を日についで、城壁の上で見張りに立った。果てしなくひろがる夜の広野に、一点、合図のように赤い火が燃え上ることがあった。私はそれを焚火だと思おうとした。果して、間《ま》もあらせず、その火は消えた。想像力とその黒幕の感受性に対抗する私の衛《まも》りの物具《もののぐ》として文体があった。陸であれ、海であれ、海ならば二等航海士の徹宵のワッチの緊張が、私が自分の文体に求めたところのものであった。私は何よりも敗北を嫌った。自分が侵蝕され、感受性の胃液によって内側から焼けただれ、ついには輪郭を失い、融け、液化してしまうこと、又自分をめぐる時代と社会とがそうなってしまうこと、それに文体を合せてゆくほどの敗北があるだろうか。

　芸術作品というものは、皮肉なことに、そのような敗北と、精神の死の只中から、傑作を成就することがあるのはよく知られている。一歩しりぞいて、この種の傑作を芸術の勝利とみとめるにしても、それは戦いなき勝利であり、芸術独特の不戦勝なのであった。私が求めるのは、勝つにせよ、負けるにせよ、戦いそのものであり、戦わずして敗れることも、ましてや、戦わずして勝つことも、私の意中にはなかった。一方では、私は、あらゆる戦いというものの、芸術における虚偽の性質を知悉していた。一もしどうしても私が戦いを欲するなら、芸術においては砦を防衛し、芸術外において攻撃に出なければならぬ。芸術においてはよき守備兵であり、芸術外においてはよき戦士でなければならぬ。私の生活の目標は、戦士としてのくさぐさの資格を取得することに向けられた。

私はかつて、戦後のあらゆる価値の顛倒した時代に、このような時こそ「文武両道」という古い徳目が復活するべきだと、自分も思い、人にも語ったことがある。それからしばらくの間、この徳目への関心は私から去っていた。徐々に、私が太陽と鉄から、(ただ、言葉を以て肉体をなぞるだけではなく)、肉体を以て言葉をなぞるという秘法を会得しはじめるにつれ、私の内部で両極性は均衡を保ち、直流電流は交流電流に席を譲るようになった。私のメカニズムは、直流発電機から交流発電機に成り変った。そして決して相容れぬもの、逆方向に交互に流れるものを、自分の内に蔵して、一見ますます広く自分を分裂させるように見せかけながら、その実、たえず破壊されつつ再びよみがえる活々とした均衡を、一瞬一瞬に作り上げる機構を考案したのである。この対極性の自己への包摂、つねに相拮抗する矛盾と衝突を自分のうちに用意すること、それこそ私の「文武両道」なのであった。

文学の反対原理への昔からの関心が、こうして私にとっては、はじめて稔りあるものになったように思われた。死に対する燃えるような希求が、決して厭世や無気力と結びつかずに、却って充溢した力や生の絶頂の花々しさや戦いの意志と結びつくところに「武」の原理があるとすれば、これほど文学の原理に反するものは又とあるまい。「文」の原理とは、死は抑圧されつつ私かに動力として利用され、力はひたすら虚妄の構築に捧げられ、生はつねに保留され、ストックされ、死と適度にまぜ合わされ、防腐剤を施され、不気味な永生を保つ芸術作品の制作に費やされることであった。むしろこう言ったらよかろう。「武」とは花と散ることであり、「文」とは不朽の花を育てることだ、と。そして不朽の花とはすなわち造花である。

かくて「文武両道」とは、散る花と散らぬ花とを兼ねることであり、人間性の最も相反する二つの欲求、およびその欲求の実現の二つの夢を、一身に兼ねることであった。そこで何が起るか？　一方が実体であれば他方は虚妄であらざるをえぬこの二つのもの、その双方の本質に通暁し、その源泉を知悉し、その秘密に与《あずか》るとは、一方の他方に対する究極的な夢をひそかに破壊することなのだ。すなわち、「武」が自らを実体とし、「文」を虚妄と考えるときに、自らの実体の最終的な証明の権限を虚妄の手に委ね、虚妄を利用しようとしつつそこに夢を託し、かくて叙事詩が書かれたのであった。一方、「文」が自らを実体とし、「武」を虚妄と考えるときに、自らの最終的な仮構世界の絶頂に、ふたたびその虚妄を夢み、自分の死がもはや虚妄に支えられていないことに、自分の仕事の実体のあとには、すぐ実体としての死が接していることに気づかねばならなかった。それは、ついに生きることのなかった人間を訪れる怖ろしい死であるが、彼はそのような死ではない死が、あの虚妄としての「武」の世界には存在することを、究極的に夢みることはできるのである。

この究極的な夢の破壊とは、「武」の夢みる虚妄の花はついに造花にすぎぬという秘密を知りつつ、一方、「文」の夢みる虚妄に支えられた死も何ら特別の恩寵的な死ではないという秘密を知ることである。すなわち、「文武両道」にはあらゆる夢の救済が絶たれており、本来決して明かし合ってはならない一双の秘密が、お互いに相手の正体を見破っている。死の原理の最終的な破綻と、生の原理の最終的な破綻とを、一身に擁して自若としていなければならぬ。

人はこのような理念を生きることができるだろうか？　しかし幸いにして、「文武両道」はその絶対的な形態をとることがきわめて稀であり、よし実現されても、一瞬にして終るような理念なのである。何故なら、この相犯し合う最終的な一対の秘密は、たとい不安《ゾルゲ》の形でたえず意識され予感されても、死にいたるまで証明の機会を得ないからである。「文武両道」的人間は、死の瞬間、正にその「文武両道」の無救済の理想が実現されようとする瞬間に、その理想をどちらの側から裏切るであろう。彼をその理想の仮借ない認識に縛っていたのは、生そのものの力であったのだから、死が目前に来たとき、彼はその認識を裏切るだろう。さもなくては、彼は死に耐えることができないからである。

生きているあいだは、しかしわれわれは、どのような認識とも戯れることができる。それはスポーツにおける刻々の死と、それからのよみがえりの爽やかさが証明している。たえず破滅に瀕しつつ得られる均衡こそが、認識上の勝利なのだ。

私の認識はいつも欠伸をしていたから、よほど困難な、ほとんど不可能な命題に対してしか、興味を示さぬようになっていた。というよりもむしろ、認識が認識自体を危うくするような危険なゲームにしか惹かれなくなったのである。そしてそのあとの爽快なシャワーにしか。

かつて私は、胸囲一メートル以上の男は、彼を取り巻く外界について、どういう感じ方をするものかということに、一つの認識の標的を宛てていた。それは認識にとって明らかに手にあまる課題であった。なぜなら、認識は多く感覚と直観を手蔓にして闇へ分け入るものであるのに、この場合はその手蔓が根こそぎ奪われており、認識の主体はこちらにあり、包括的な存在感覚の主体は向うへ譲り渡されているからである。

考えてもみるがいい。胸囲一メートルの男の存在感覚とは、それ自体、世界包括的なものでなければならず、認識の対象としてのその男にとっては、彼以外のすべてが（私をも含めて）、彼の感覚的外界の客体に変貌している必要があり、そういう条件下で、さらに包括的な認識を逆流させるのでなくては、その正確な像は把握されない筈だ。それはいわば、外国人の存在感覚はどんなものかを認識しようとするのに似ており、この場合、われわれは、人類とか、普遍的な人間性とかの、さらに包括的な抽象的な概念を援用して、その仮説的な尺度で測定するほかはない。しかしそれはついに厳密な認識ではなく、究極的な不可知の要素はそのままにしておいて、他の共通の要素から類推するやり方にすぎず、問題は外《そ》らされ、「本当に知りたいこと」は留保されている。さもなければ想像力がしゃしゃり出て、さまざまな詩や幻想で相手を飾ることになるであろう。

——しかし、突然、あらゆる幻想は消えた。退屈している認識は不可解なもののみを追い求め、のちに、突然、その不可解は瓦解し、……胸囲一メートル以上の男は私だったのである。

かつて向う岸にいたと思われた人々は、もはや私と同じ岸にいるようになった。すでに謎はなく、謎は死だけにあった。そしてこのような謎のない状態は決して認識の勝利ではなかったから、私の認識の矜りはひどく傷つけられ、ふてくされた認識は再び欠伸をはじめ、あれほどまでに憎んでいた想像力に、再び身を売ることをはじめるのであった。そして永遠に想像力に属する唯一のものこそ、すなわち死であった。

しかし、どうちがうのか？　夜襲を仕掛けてくる病的な想像力、あの官能的な、放恣な感覚的惑溺をもたらす想像力の淵源が、すべて死にあるとすれば、栄光ある死とその死とはどうちがうのか？　浪曼的な死と、頽廃的な死とはどうちがうのか？　文武両道の苛酷な無救済は、それらが畢竟同じものだと教えるであろう。そして、文学上の倫理も、行動の倫理も、死と忘却に抗《はむか》うためのはかない努力にすぎぬと教えるであろう。

違いがあるとすれば、それは、死を「見られるもの」とする名誉の観念の有無と、これにもとづく死の形式上の美的形象、すなわち死にゆく状況の悲劇性、死にゆく肉体の美の有無に帰着するであろう。人はかくて、出生において天から享ける不平等や甚だしい運不運の隔たりと等しいだけの、不平等や運不運を、「美しい死」について運命づけられている。ただ、出生に於ても死に於ても、ひたすら美しく生き美しく死ぬことを願った古代ギリシア人のような希求を、現代人のほとんどが持たないことによって、この不平等はぼかされているのである。

男はなぜ、壮烈な死によってだけ美と関わるのであろうか。日常性に於ては、男は決して美に関わらないように注意深く社会的な監視が行われており、男の肉体美はただそれだけでは、無媒介の客体化と見做されて賤しまれ、いつも見られる存在である男の俳優という職業は、決して真の尊敬を獲得するにいたらない。男性には次のような、美の厳密な法則が課せられている。すなわち、男とは、ふだんは自己の客体化を絶対に容認しないものであって、最高の行動を通してのみ客体化され得るが、それはおそらく死の瞬間であり、実際に見られなくても「見られる」擬制が許され、客体としての美が許されるのは、この瞬間だけなのである。特攻隊の美とはかくの如きものであり、それは精神的にのみならず、男性一般から、超エロティックに美と認められる。しかもこの場合の媒体をなすものは、常人の企て及ばぬ壮烈な英雄的行動なのであり、従ってそこには無媒介の客体化は成り立たない。このような、美を媒介する最高の行動の瞬間に対して、言葉はいかに近接しても、飛行物体が永遠に光速に達しないように、単なる近似値にとどまるのである。

いや、今私が語ろうとしていることは、美についてではなかった。美について語ることは、問題を浸透的に語ることであり、私はそういう風に語ることを望んではおらず、もっと各種各様の観念を固い象牙の骰子《さい》のように排列し、そのおのおのの役割を限定しようとかかっていた筈なのである。

さて、私は想像力の淵源が死にあることを発見した。日夜、想像力の侵寇をおそれて備えを固める必要もさることながら、私がその想像力、少年時代このかた私をたえず苦しめてきた想像力を逆用して、それを転化し、逆襲の武器に使おうと考えはじめたことは自然であろう。しかし、芸術上の仕事では、私の文体がすでにいたるところに砦を築いて、その想像力の侵寇を食い止めていたから、もし私がそのような逆襲を企てるとすれば、芸術外の領域でなければならなかった。それこそは私が、「武」の観念に親しみはじめた端緒だった。

私はかつて、窓に倚りつつ、たえず彼方から群がり寄せる椿事を期待する少年であった。自分の力で世界を変えることは叶わぬながら、世界が向うから変ってくることを願わずにはいられず、世界の変貌は少年の不安にとって緊急の必要事であり、日々の糧であり、それなしには生きることのできぬ或るものだった。世界の変貌という観念こそ、少年の私には、眠りや三度三度の食事同様の必需品であり、この観念を母胎にして、私は想像力を養っていたのである。

その後、世界は変ったようでもあり、変らぬようでもあった。たとえ私の望むような形に変った世界も、変ったとたんにその豊醇な魅力を喪った。私の夢想の果てにあるものは、つねに極端な危機と破局であり、幸福を夢みたことは一度もなかった。私にもっともふさわしい日常生活は日々の世界破滅であり、私がもっとも生きにくく感じ、非日常的に感じるものこそ平和であった。

ただ、私にはこれに対処する肉体的な備えが欠けていた。抵抗する術《すべ》を知らぬ感受性をあらわに示し、ただ椿事を期待し、それが来たときには、戦うよりも受容しようと思っていたのである。

ずっとあとになって、私はこのもっともデカダンな少年の心理生活が、もし幸いにして力と戦いの意志の裏付けを得るならば、それがそのまま、武士の生活の恰好な類推《アナロジイ》を成立たせることに気づいた。それはふしぎな、めまいのするような発見だった。そのとき私は、そのような想像力の逆用の機会を、わが手に握っていたのである。

死が日常であり、又、そのことが自明であるような生活が、私にとって唯一の「自然な世界」であるならば、そしてその自然さが人工的な構築によってはついに得られず、却って甚だ非独創的な義務の観念によって容易に得られるならば、次第に私がこのような誘惑に牽かれ、自分の想像力を義務に変えようと企てるほど、自然な成行はなかったにちがいない。死と危機と世界崩壊に対する日常的な想像力が、義務に転化する瞬間ほど、まばゆい瞬間はどこにもあるまい。そのためには、しかし、肉体と力と戦いの意志と戦いの技術が養われねばならず、その養成を、むかし想像力を養ったのと同じ手口でやればよかった。それというのも、想像力も剣も、死への親近が養う技術である点では同じだったからである。しかも、この二つのものは、共に鋭くなればなるほど、自分を滅ぼす方向へ向うような技術なのであった。

死と危機への想像力を磨くことが、剣を磨くことと同じ意味を持つことになる職務は、思えば、私をかねて遠くから呼んでいたのに、私が非力と臆病から、ことさら避けていたにすぎなかったのかもしれなかった。日々死を心に充《あ》て、ありうべき死に向って一瞬一瞬を収斂し、最悪の事態への想像力を栄光への想像力と同じ場所に置き、……それなら、私が久しく精神の世界で行って来たことを、肉体の世界へ移せば足りた。

このような乱暴な転化を受け入れるのに、肉体の世界でも、私は準備おさおさ怠りなく、いつでも受け入れられる態勢を整えていたことは、前にも述べたとおりである。

すべてが回収可能だという理論が私の裡に生れていた。時と共に刻々と成長し、又、刻々と衰えるところの、「時」に閉じ込められた囚人である筈の肉体でさえ、回収可能であることが証明されたのだから、「時」そのものでさえ回収可能だという考えが生じてもふしぎはない。

私にとって、時が回収可能だということは、直ちに、かつて遂げられなかった美しい死が可能になったということを意味していた。あまつさえ私はこの十年間に、力を学び、受苦を学び、戦いを学び、克己を学び、それらすべてを喜びを以て受け入れる勇気を学んでいた。

私は戦士としての能力を夢みはじめていたのである。

……何の言葉も要らない幸福について語るのは、かなり危険なことである。ただ、私が幸福と呼んでいるものを招来するには、きわめて厄介な諸条件が充たされ、きわめて複雑な手続が辿られる必要があることは、叙上のところから容易に察せられるだろうと思う。

私がその後送った一ヵ月半の短かい軍隊生活は、さまざまな幸福のきらめく断片をもたらしたが、中でも、もっとも無意味に見え、もっとも非軍隊的に見える瞬間に味わった、忘れがたい万全の幸福感については、どうしても書いておかねばならぬと思う。軍隊という集団の中にありながら、この至上の幸福感は、今まで私の人生においていつもそうであったように、たった一人でいるときの私を襲ったのだった。

それは五月二十五日の美しい初夏の夕方であった。私は落下傘部隊の隊付をしており、その日の訓練がおわったのち、一人で風呂へ行って宿舎へかえる途上にあった。

夕空は青と桃色に染められ、一面の芝草は翡翠にかがやいていた。私のゆく径のまわりには、旧騎兵学校当時のままの古びた雄々しい木造のノスタルジックな建物が散在していた。今は体操場になっている覆馬場、今はPXになっている厩舎など。

私は体育の服装のまま、今日おろしたばかりの白木綿の長いトレイニング・パンツに、運動靴に、ランニング・シャツの姿だった。そのパンツの裾のほうが、すでに乾いた土に汚れているのさえ、私の幸福の感覚に寄与していた。

今朝の落下傘の操縦訓練は、入浴後も腕に軽い痛みを残し、それにつづく地上十一米の跳出し塔の訓練は、はじめて味わう、空中へ身を投げ出したあのきわめて稀薄な感覚、オブラートのように破れやすく透明な感覚の残滓をなお体内に残していた。それにつづくサーキット・トレイニングや駈足の、深い迅速な息づかいは、甘い倦《だる》さになって全身にゆきわたっていた。銃やあらゆる武器は身近にあった。私の肩にはいつでも銃架になるための備えがあった。今日、私は青い草の上を存分に駈け、体軀は黄金《こがね》に灼け、又、夏の光りの下で、眼下十一米の地上の人の影が、その人たちの足もとに鮮明に固く結びつけられているのを見た。次の瞬間にそこへ落す私の影が、私の体と結びつかずに、地上に黒い水たまりのように孤立することを予見しながら、私は銀いろの塔の頂きから、空中へ身を躍らしたのだった。そのとき明らかに、私は、私の影、私の自意識から解き放たれていた。

私の一日は能うかぎり肉体と行動に占められていた。スリルがあり、力があり、汗があり、筋肉があり、夏の青草が充ちあふれ、土の径を微風が埃を走らせ、徐々に日ざしは斜めになって、私はトレイニング・パンツと運動靴で、そこをごく自然に歩いていた。これこそは私の望んだ生活だった。夏の夕方の体育の美しさに思うさま身を浸したのち、古い校舎と植込みの間をゆく、孤独な、荒くれた、体操教師の一刻はこのとき確実に私のものになった。

そこには何か、精神の絶対の閑暇があり、肉の至上の浄福があった。夏と、白い雲と、課業終了のあとの空の、何事かが終ったうつろな青と、木々の木洩れ日の輝きににじんでくる憂愁の色と、そのすべてにふさわしいと感じることの幸福が陶酔を誘った。私は正に存在していた！

この存在の手続の複雑さよ。そこでは多くの私にとってフェティッシュな観念が、何ら言葉を介さずに、私の肉体と感覚にじかに結びついていたのである。軍隊、体育、夏、雲、夕日、夏草の緑、白い体操着、土埃、汗、筋肉、そしてごく微量の死の匂いまでが。そこに欠けているものは何一つなく、この嵌絵に欠けた木片は一つもなかった。私は全く他人を、従って言葉を必要としていなかった。この世界は、天使的な観念の純粋要素で組み立てられ、夾雑物は一時彼方へ追いやられ、夏のほてった肌が水浴の水に感じるような、世界と融け合った無辺際のよろこびに溢れていた。

……私が幸福と呼ぶところのものは、もしかしたら、人が危機と呼ぶところのものと同じ地点にあるのかもしれない。言葉を介さずに私が融合し、そのことによって私が幸福を感じる世界とは、とりもなおさず、悲劇的世界であったからである。もちろんその瞬間にはまだ悲劇は成就されず、あらゆる悲劇的因子を孕み、破滅を内包し、確実に「未来」を欠いた世界。そこに住む資格を完全に取得したという喜びが、明らかに私の幸福の根拠だった。そのパスポートを言葉によってではなく、ただひたすら肉体的教養によって得たと感じることが、私の矜りの根拠だった。そこでだけ私がのびやかに呼吸《いき》をすることのできる世界、完全に日常性を欠き、完全に未来を欠いた世界、それこそあの戦争がおわった時以来、たえず私が灼きつくような焦躁を以て追い求めていたものであったが、言葉は決して私にこれを与えなかったのみか、むしろそこから遠ざかるように遠ざかるようにと私を鞭打った。なぜなら、どんな破滅的な言語表現も、芸術家の「日々の仕事《ターゲ・ヴェルク》」に属していたからである。

何という皮肉であろう。そもそものような、明日というもののない、大破局の熱い牛乳の皮がなみなみと湛えられた茶碗の縁を覆うていたあの時代には、私はその牛乳を呑み干す資格を与えられていず、その後の永い練磨によって、私が完全な資格を取得して還って来たときには、すでに牛乳は誰かに呑み干されたあとであり、冷えた茶碗は底をあらわし、私はすでに四十歳を超えていたのだった。そして困ったことに、私の渇を癒やすことのできるものは、誰かがすでに呑んでしまったその熱い牛乳だけなのだ。

私が夢みたようにすべてが回収可能なのではなかった。時はやはり回収不能であるが、しかし思えば、時の本質をなす非可逆性に反抗しようという私の生き方は、あらゆる背理を犯して生きようとしはじめた戦後の私の、もっとも典型的な態度ではなかったろうか。もし、信じられているように、時が本当に非可逆的であるなら、私が今ここにこうして生きているということがありえようか。私は十分にそう反問するだけの理由を自分の裡に持っていた。

私は自分の存在の条件を一切認めず、別の存在の手続を自分に課したのだった。そもそも、私の存在を保障している言葉というものが、私の存在の条件を規制している以上、「別の存在の手続」とは、言葉の喚起し放射する影像の側へ進んで身を投げ出すことであり、言葉によって創る者から、言葉によって創られる者へ移行することであり、巧妙細緻な手続によって、一瞬の存在の影像を確保することに他ならなかった。短い軍隊生活の、孤独の選ばれた一瞬にだけ、私が存在しえたのは、まことに理に叶っていた。私の幸福感の根拠は、明らかに、かつての腐朽した遠い言葉の投げかけた影が結んだ像に、一瞬たりとも、自分が化身したところにあった。しかしもはやそれを保障するものは言葉ではない。言葉による存在の保障を拒絶したところに生れたそのような存在は、別のもので保障されなければならぬ。それこそは筋肉だったのである。

強烈な幸福感をもたらす存在感は、いうまでもなく次の一瞬には瓦解したが、筋肉だけはあらたかに瓦解を免かれていた。困ったことに、筋肉が瓦解を免かれていることを認識するには、ただの存在感覚だけでは足りず、自分の筋肉を自分の目でしかと見なければならなかったが、厳密に言って、「見ること」と「存在すること」とは背反する。

自意識と存在との間の微妙な背理が私を悩ましはじめた。すなわちこうである。見ることと存在することとを同一化しようとすれば、自意識の性格をなるたけ求心的なものにすることが有利である。自意識の目をひたすら内面と自我へ向けさせ、自意識をして、存在の形を忘れさせてしまえば、人はアミエルの日記の「私」のように、しかと存在することができる。しかし、いわばそれは、芯が外から丸見えになった透明な林檎のような奇怪な存在であり、その場合の存在の保証をなすものはただ言葉だけである。模範的な、孤独の、人間的な文学者。

だが、世には、ひたすら存在の形にかかわる自意識というものもあるのだ。この種の自意識にとって、見ることと存在することとの背反は決定的になる。なぜならそれは、ふつうの赤い不透明の果皮におおわれた林檎の外側を、いかにして林檎の芯が見得るかという問題であり、又一方、そのような紅いつややかな林檎を外側から見る目が、いかにしてそのまま林檎の中へもぐり込んで、その芯となり得るかという問題である。そしてこのほうの林檎は、見たところ、あくまで健やかな紅に彩られた常凡の林檎存在でなければならないのだ。

林檎の比喩をつづけよう。ここに一個の健やかな林檎が存在している。この林檎が言葉によって存在しはじめたものでなければ、あのアミエルの奇怪な林檎のように芯が外から丸見えということはありえない。林檎の内側は全く見えない筈だ。そこで林檎の中心で、果肉に閉じこめられた芯は、蒼白な闇に盲い、身を慄わせて焦躁し、自分がまっとうな林檎であることを何とかわが目で確かめたいと望んでいる。林檎はたしかに存在している筈であるが、芯にとっては、まだその存在は不十分に思われ、言葉がそれを保証しないならば、目が保証する他はないと思っている。事実、芯にとって確実な存在様態とは、存在し、且、見ることなのだ。しかしこの矛盾を解決する方法は一つしかない。外からナイフが深く入れられて、林檎が割《さ》かれ、芯が光りの中に、すなわち半分に切られてころがった林檎の赤い表皮と同等に享ける光りの中に、さらされることとなのだ。そのとき、果して、林檎は一個の林檎として存在しつづけることができるだろうか。すでに切られた林檎の存在は断片に堕し、林檎の芯は、見るために存在を犠牲に供したのである。

一瞬後には瓦解するあのような完璧な存在感が、言葉を以てではなく、筋肉を以てしか保障されないことを私が知ったとき、私はもはや林檎の運命を身に負うていた。

なるほど私の目は鏡の中に私の筋肉を見ることはできた。しかし見ることだけでは、私の存在感覚の根本に触れることはできず、あの幸福な存在感との間にはなお不可測の距離があった。いそいでその距離を埋めないことには、あの存在感を蘇らす望みは持てぬだろう。すなわち、筋肉に賭けられた私の自意識は、あたかも林檎の盲目の芯のように、ただ存在を保障するものが自分のまわりにひしめいている蒼白な果肉の闇であることだけには満足せず、いわれない焦躁にかられて、いずれ存在を破壊せずにはおかぬほどに、存在の確証に飢えていたのである。言葉なしに、ただ見るということの激烈な不安！

　さて、自意識の目は、そもそも求心的に、言葉の媒体によって、不可視の自我を見張ることに馴れているので、筋肉のように可視のものには十分な信頼を寄せず、筋肉に向ってはこう呼びかけるに決っている。

「なるほどお前は仮象ではなさそうだな。それならその機能を見せてもらいたい。お前が活き、動き、本来の機能を発揮し、本来の目的を果たすところを見せてもらいたい」

　かくて自意識の要請に従って、筋肉は動きはじめるが、その行動をたしかに存在させるためには、筋肉の外側にさらに仮想敵が必要とされ、仮想敵が存在を確実ならしめるためには、口やかましい自意識を黙らせるだけの苛烈な一撃を、こちらの感覚的領域へ加えて来なければならぬ。そのときまさに、要請された敵手のナイフは、林檎の果肉へ、いや、私の肉へ食い込んでくる。血が流され、存在が破壊され、その破壊される感覚によって、はじめて全的に存在が保障され、見ることと存在することとの背理の間隙が充たされるだろう。……それは死だ。

かくて私は、軍隊生活の或る夏の夕暮の一瞬の幸福な存在感が、正に、死によってしか最終的に保障されていないのを知った。

――もちろんこういうことはすべて予想されたことであり、このような別誂えの存在の根本条件は、「絶対」と「悲劇」に他ならないこともわかっていた。私が私自身に、言葉の他の存在の手続を課したときから、死ははじまっていた。言葉はいかに破壊的な装いを凝らしても、私の生存本能と深い関わり合いがあり、私の生に属していたからだ。そもそも私が「生きたい」と望んだときに、はじめて私は、言葉を有効に使いだしたのではなかったか。私をして、自然死にいたるまで生きのびさせるものこそ正に言葉であり、それは「死にいたる病」の緩慢な病菌だったのである。

さて、私は前に、武士の持つイリュージョンと私との親近感、死と危機への想像力を磨くことが、剣を磨くことと同じことになる職務への共感について述べたが、それは肉体を媒体にして、私の精神世界のあらゆる比喩を可能にするものであった。そしてすべては予想に違《たが》わなかった。

さるにても、平時の軍隊に漂うあの厖大な徒労の印象は、私を圧倒した。もちろん日本の庶出の軍隊の、伝統や栄光から故意に遠ざけられた不幸な特質によるところが大きいとしても。

それはあたかも巨大な電池に充電して、やがてむなしく自家放電によって涸渇すると、又充電するという作業のくりかえしのようなもので、電力はいつまでも有効な用途に使われることがないのである。「来るべき戦争」という厖大な仮構へすべてが捧げられ、訓練計画は周到に編まれ、兵士たちは精励し、そして何事も起らぬ空無は日々進行し、きのう最上の状態にあった肉体は、今日かすかに衰退し、老いはつぎつぎと整理され、若さは小止《おや》みなく補給されていた。

私は今さらながら、言葉の真の効用を会得した。言葉が相手にするものこそ、この現在進行形の虚無なのである。いつ訪れるとも知れぬ「絶対」を待つ間《ま》の、いつ終るともしれぬ進行形の虚無こそ、言葉の真の画布なのである。それというのも、虚無を汚《よご》し、虚無を染めなし、京都の今なお清い川水で晒されている友禅染のように、二度と染め直せぬ華美な色彩と意匠で虚無をいろどる言葉は、そのようにして、虚無を一瞬一瞬完全に消費し、その瞬間瞬間に定着されて、言葉は終り、残るからだ。言葉は言われたときが終りであり、書かれたときが終りである。その終りの集積によって、生の連続感の一刻一刻の断絶によって、言葉は何ほどかの力を獲得する。少くとも、「絶対」の医者を待つ間《ま》の待合室の白い巨大な壁の、圧倒的な恐怖をいくらか軽減する。そしてその、虚無を一瞬毎に汚《よご》すことにより、生の連続感をたえず寸断せねばならぬのと引き代えに、少くとも、虚無を何らかの実質に翻訳するかの如き作用をするのである。

終らせる、という力が、よしそれも亦仮構にもせよ、言葉には明らかに備わっていた。死刑囚の書く長たらしい手記は、およそ人間の耐えることの限界を越えた永い待機の期間を、刻々、言葉の力で終らせようとする咒術なのだ。

われわれは「絶対」を待つ間《ま》の、つねに現在進行形の虚無に直面するときに、何を試みるかの選択の自由だけが残されている。いずれにせよ、われわれは準備せねばならぬ。この準備が向上と呼ばれるのは、多かれ少なかれ、人間の中には、やがて来るべき未見の「絶対」の絵姿に、少しでも自分が似つかわしくなりたいという哀切な望みがひそんでいるからであろう。もっとも自然で公明な欲望は、自分の肉体も精神も、ひとしくその絶対の似姿に近づきたいとのぞむことであろう。

しかし、この企図は、必ず、全的に失敗するのだ。なぜなら、どんな劇烈な訓練を重ねても、肉体は必ず徐々に衰退へ向い、どんなに言葉による営為を積み重ねても、精神は「終り」を認識しないからである。言葉がなしくずしに終らせるので、すでに言葉によって生の連続感を失っている精神には、真の終りの見分けがつかないのである。

この企図の挫折と失敗を司るものこそ「時」であるが、ごく稀に「時」は恩寵を垂れて、この企図を、挫折と失敗から救出することがある。それが夭折というものの神秘的な意味であり、ギリシア人はそれを神々に愛された者と呼んで羨んだのであった。

しかし私にはもはや、あの朝の若さ特有の顔、すなわち、昨日の疲労のどれほど深い澱みの底へ沈んだのちも、一夜明ければ、再び水面へ浮き上っていきいきと呼吸することのできる朝の顔は失われていた。そういう朝の顔、すなわちかがやかしい朝の光りの中へ自分の無意識の真実の顔をさらけ出すという粗野な習慣は、悲しいかな、多くの人の場合、いつまでも失われない。習慣は残り、顔は変ってゆく。そしていつのまにかその真実の顔が、思索と情念に荒れ果て、昨夜の疲労をなお鉄鎖の如く引きずった顔に変っているのに気づかず、又、そのような顔を太陽に向ってさらけ出す無礼に気づかない。このようにして人々は「男らしさ」を失うのである。

すなわち男らしい戦士の顔は、いつわりの顔でなければならず、自然な若さの晴朗を失ったのちは、一種の政治学でこれを作り出さねばならぬからだ。軍隊はこのことをよく教えていた。指揮官の朝の顔とは、人々に読みとられる顔、人々が毎日の行動の基準をそこに素速く発見する顔なのであり、自分の内心の疲労を包み隠し、どんな絶望の裡にあっても人を鼓舞するに足る楽天的な顔、個人的な悲しみをものともせず、昨夜見た悪夢をあざむき、ふるいおこした気力にあふれた、いつわりの顔であった。そしてそれのみが、生きすぎた男たちの、朝の太陽に対する礼節の顔なのであった。

この点で、若さをすぎた知識人たちの顔は私をぞっとさせた。何という醜悪。何という政治学の欠如！

自己をいかにあらわすか、ということよりも、いかに隠すか、という方法によって文学生活をはじめた私は、軍隊の持つ軍服の機能に、改めて感嘆せずにはいられなかった。言葉の隠れ蓑の最上のものは筋肉であり、肉体の隠れ蓑の最上のものは制服である。しかも軍服は、痩せ細った肉体や、腹のつき出た肉体には、どうしても似合わぬように仕立てられているのである。

軍服によって要約される個性ほど、単純明確なものはなかった。軍服を着た男は、それだけで、ただ単に、戦闘要員と見做されるのである。その男の性格や内心がどうあろうと、その男が夢想家であろうとニヒリストであろうと、寛大であろうと吝嗇であろうと、制服の内側にいかほど深くおぞましい精神の空洞が穴をあけていようと、又、いかほど俗悪な野心に充ちていようと、ただ単に、戦闘要員と見做されるのである。その服はいずれ折あらば、銃弾で射貫かれる服であり、血で染められる服である。このことは、自己証明が必ず自己破壊にゆきつくところの、筋肉の特質にいかにも叶っていた。

……そうは云っても、私は決して軍人なのではなかった。軍人という職業が甚だ技術的なものであり、いかなる職業にもまして永い周到な教育期間を要し、しかも一旦修得したものを失わぬためには、あたかもピアニストがその繊細な技巧を失わぬために毎日の練習を必要とするように、いかに一刻も油断のない修練の累積を要するかは、私がよく見よく学んだところであった。

ごくつまらない任務も、はるか至上の栄誉から流れ出て、どこかで死につながっているということほど、軍隊を輝やかしいものにするものはあるまい。これに反して、文学者は自分の栄誉を、自分がすみずみまで知悉している内部のがらくたから拾い出して、それを丹念に磨き出すことしか知らないのだ。

われわれは二種の呼び声を持つ。一つは内部からの呼び声である。一つは外部からの呼び声である。その外部からの呼び声とは「任務」に他ならない。もし任務に応ずる心が、内部からの声とみごとに照応していたら、それこそは至福というべきであろう。

五月とはいえ、冷雨瀟々たる或る午後のこと、私はその日に見学することになっていた無反動砲標定銃射撃が、雨天で中止になったときいて、ひとり宿舎にいた。富士の裾野の、冬を思わせる肌寒い一日で、こんな日には、都会のビルは昼からあかあかと灯して人々が仕事にはげみ、家々では灯下で主婦が編物をしたりテレヴィジョンを見ながら、ストーヴを蔵い込んだのは早すぎたかと思案したりしているにちがいない。しゃにむに人々を冷雨の中へ、傘もなしに引きずりだすような力は、ふつうの市民生活には欠けていた。

突然、ジープに乗って、一人の士官が私を迎えに来た。標定銃射撃は雨中強行されているというのである。

ジープは荒野の間の凹凸に充ちた道をひたすら走った。動揺は甚しかった。荒野には人影もなく、ジープは雨水が瀬をなして流れる斜面を上り、又下った。視野は閉ざされ、風は募り、草叢は伏していた。幌の隙間から冷雨は容赦なく私の頰を搏った。

こういう日に、荒野から迎えの来たことが私を歓ばせていた。それは非常の任務であり、遠くから呼んでいる旺んな呼び声だった。雨に煙る広漠たる荒野から、私を呼んでいる声に応じて、暖かい塒を離れて、急ぎに急いでいるというこの感じは、ずっと久しく私の味わったことのない狼の感情であった。

何かが、剝ぎ取るように、私を促して、煖炉のかたわらから私を拉し去る。そこに不本意やためらいがなくて、世界の果てから来た迎え（多くはそれは死や快楽や本能とつながっている）に喜び勇んで、私が出発するとき、瞬時に、あらゆる安逸と日常性は見捨てられる。何かそのような瞬間を、はるかむかし、たしかに一度私は味わったことがあるのだ。

ただ、むかし私へ来た外部の呼び声は、内部の呼び声と正確に照応してはいなかった。それは私が外部の呼び声を肉体で受けとめることができず、辛うじて言葉で受けとめていたからだと思う。それがあの煩瑣な観念の網目でからみとられるときに生ずる甘い苦痛は、私にはたしかに馴染があったが、もし肉体を堺にして、二種の呼び声が相応ずるときには、どんな根源的な喜びが生れるかという消息については、かつての私は無知だった。

やがて鋭い笛のような銃声が轟いてきて、私は雨の彼方に煙る標的へ向って、何度も誤差を修正しながら放たれる標定銃の、鮮やかな蜜柑いろの曳光弾を目にとめた。それから一時間、私は雨に打たれたまま、泥濘の中に腰を下ろしていた。

……私は又別の記憶に遡る。

それは十二月十四日のしらしら明けに、国立競技場のアンツーカーの大トラックを、一人で走っていたときのことである。実際こんな所業は、仮構の任務ですらなくて、酔興とでもいうほかはなかったが、このときほど私が自ら「贅を尽した」と感じたことはなく、このときほど黎明を独占したと感じたこともない。

それは摂氏零度の夜明けであった。国立競技場は一輪の巨大な百合であり、人っ子一人いない広大なオーディトリアムは、巨きな、ひらきすぎた、そして沢山の斑点のある、灰白色の百合の花弁だった。

私はランニング・シャツとパンツだけで走っていたので、朝風は骨をゆるがし、手は何も感じないようになった。東側の観覧席の前の薄明をとおるときには、ことのほか寒さが加わるが、すでに旭が射し入っている西側は凌ぎ易かった。私は四百メートルのトラックを四周し、五周しつつあった。

観覧席の上辺に顔をのぞけている旭は、その灰白色の花弁の縁《へり》になお遮られており、空には不本意な夜明けの紫紺がうっすらと残っていた。競技場の東辺には、なごりの冷たい夜風がすさんでいた。

駈けながら、私は鼻を刺す冷気と共に、大競技場の黎明が放つあらゆるたぐいの残り香を嗅いだ。観覧席いっぱいの喧騒と歓呼の残り香、朝の冷気にもいやまさるアスレティックなサロメチールの残り香、動悸する赤い心臓の残り香、決意の残り香、それこそは、この大競技場が夜のあいだというものずっと保っていた巨大な百合の香であり、そのアンツーカーの走路の煉瓦色は、まぎれもない百合の花粉の色であった。

走りながら、一つの想念が私の心を占めていた。すなわち、夜明けの悩める百合と、肉体の清浄との関係。

この難解な形而上学的な問題は私をひどく悩ましたので、走りつづけることの疲労は忘れ去られた。それは何か深いところで私自身と関わりのある問題で、肉体の清浄と神聖に関する少年の偽善とつながりがあり、多分、遠い聖セバスチャンの殉教の主題と結んでいた。

私が何一つ自分の日常生活について語らぬところに留意してもらいたい。私はただ、幾度かこうして私の携った秘儀についてのみ語ろうと思うのだ。

駈けることも亦、秘儀であった。それはただちに心臓に非日常的な負担を与え、日々のくりかえしの感情を洗い流した。私の血液はたとえ数日の停頓をも容赦しないようになった。たえず私は、何ものかに使役されていた。もはや肉体は安逸に耐えず、たちまち激動に渇いて私を促した。人が狂躁と罵るような私の生活がこうして続いた。ジムナジアムから道場へ、道場からジムナジアムへ。そのたびの、運動の直後の小さな蘇りだけが、何ものにもまさる私の慰藉になった。たえず動き、たえず激し、たえず冷たい客観性から遁れ出ること、もはやこうした秘儀なしには私は生きて行けないようになった。そして言うまでもなく、一つ一つの秘儀の裡には、必ず小さな死の模倣がひそんでいた。

私はしらずしらず、一種の修羅道に入っていた。年齢は私を追跡し、いつまでそれがつづくかと、背後からひそかに嗤っていた。しかし、もはやかくも健康な悪習《ヴァイス》が私をしっかりととらえた以上、あの秘儀の蘇りのあとでなくては、私は言葉の世界へ還ることができなくなったのである。

とはいうものの、肉と魂とのこの小さな復活のあとで、私がいやいや言葉の世界へ、義務のように還るというのではなかった。却って、喜々としてそこへ還るために、どうしてもこういう手続が必要になったのである。

言葉に対する私の要求は、ますます厳密な、気むずかしいものになった。あらゆるアップ・ツー・デイトな文体を私は避けた。次第に私は、再び、戦争時代にそうであったような、言葉の純粋な城を見出そうと努めていたのかもしれない。言葉の外では何ものかがたえず私を強い、言葉の内ではたとしえもなく自由であるような、そういう逆説的な自由の根拠地をふたたび言葉の城に見出すために、すべてを私は、かつて習いおぼえたのと同じ構図で、再建しようとしていたのかもしれない。

それはまた私が、言葉に無垢の作用のみをみとめていた時代の、言葉に対する何らうしろめたくない陶酔を取り戻すことであった。ということは、言葉の白蟻に蝕まれたままの私を取り戻し、それを堅固な肉体で裏付することであった。あたかも子供が遊び馴れて折目の破れた双六を、丈夫な和紙で裏打ちしておくように、言葉が本当に私にとって幸福と自由の、（いかにそれが真実から遠いとはいえ）、唯一の拠り処であった状態を、復元することであった。いわばそれは、苦痛を知らぬ詩、私の黄金時代への回帰を意味していた。

あのころの、十七歳の私を無知と呼ぼうか？　いや、決してそんなことはない。私はすべてを知っていたのだ。十七歳の私が知っていたことに、その後四半世紀の人生経験は何一つ加えはしなかった。ただ一つのちがいは、十七歳の私がリアリズムを所有しなかったということだけだ。

もしもう一度あの夏の水浴のように私を快く涵《ひた》していた全知へ還ることができたらどんなによかろう。かくて自分のその年齢の領域を仔細に検分した結果、自分の言葉が確実に「終らせて」いる部分はきわめて少なく、その透明な全知の放射能に汚染されている区域はきわめて窄いことを知った。なぜなら私は、形見としての言葉をモニュメンタルに使おうと望みながら、その方法をまちがえていたからである。全知を節約し、むしろ全知をしりぞけ、時代の風潮への反措定のありたけを言葉に委ねて、自分の持たぬ肉体を持たぬがままに反映させ、あたかも伝書鳩の赤い肢に銀の筒に入れた書信を託するように、言葉をして私の憧憬と共に未来か死へと飛び翔たせる作業に専念していたからである。それは実に「言葉を終らせない」ための営為であったと云えるのだが、とまれかくまれ、その営為には陶酔があった。

前に述べた私の定義を思い出してもらいたい。私は言葉の本質的な機能とは、「絶対」を待つ間の永い空白を、あたかも白い長い帯に刺繍を施すように、書くことによって一瞬一瞬「終らせて」ゆく呪術だと定義したが、同時に、言葉によってなしくずしに「終らせ」られ、生の自然な連続感をつねに絶たれている精神には、真の終りの見分けがつかず、従ってそのような精神は決して「終り」を認識しない、と述べたのであった。

それから精神が「終り」を認識するときには、ついに「終り」を認識しえた精神にとっては、言葉はどのように作用するであろうか。

われわれはその恰好な雛型を知っている。江田島の参考館に展示されている特攻隊の幾多の遺書がそれである。

ある晩夏の一日、そこを訪れたとき、大半を占める立派な規矩正しい遺書と、ごく稀な走り書の鉛筆の遺書との、際立った対比が私の心を搏った。そのとき人は言葉によって真実を語るものであろうか、あるいは言葉をあげてモニュメンタルなものに化せしめるであろうか、というかねてからの疑惑が、硝子ケースに静まっている若い軍神たちの遺書を読みつづけるうちに、突然解かれたような心地が私にはした。

今もありありと心にのこっているのは、粗暴と云ってもよい若々しいなぐり書きで、藁半紙に鉛筆で誌した走り書の遺書の一つである。もし私の記憶にあやまりがなければ、それは次のような意味の一句で、唐突に終っていた。

「俺は今元気一杯だ。若さと力が全身に溢れている。三時間後には死んでいるとはとても思えない。しかし……」

真実を語ろうとするとき、言葉はかならずこのように口ごもる。その口ごもる姿が目に見えるようだ。羞恥からでもなく、恐怖からでもなく、ありのままの真実というものは、言葉をそんな風に口ごもらせるに決っており、それが真実というものの或る滑らかでない性質のあらわれなのだ。彼にはもはや「絶対」を待つ間の長い空白は残されていなかったし、言葉で緩慢にそれを終らせてゆくだけの暇もなかった。死へ向って駈け出しながら、生の感覚がクロロフォルムのように、そのふしぎが眩暈《めまい》のように、彼の「終り」を認識した精神を一時的に失神させた隙をうかがって、最後の日用の言葉は愛犬さながらこの若者の広い肩にとびつき、そしてかなぐり捨てられたのだった。

一方、七生報国や必敵撃滅や死生一如や悠久の大義のように、言葉すくなに誌された簡潔な遺書は、明らかに幾多の既成概念のうちからもっとも壮大もっとも高貴なものを選び取り、心理に類するものはすべて抹殺して、ひたすら自分をその壮麗な言葉に同一化させようとする矜りと決心をあらわしていた。

もちろんこうして書かれた四字の成句は、あらゆる意味で「言葉」であった。しかし既成の言葉とはいえ、それは並大抵の行為では達しえない高みに、日頃から飾られている格別の言葉だった。今は失ったけれども、かつてわれわれはそのような言葉を持っていたのである。

それらの言葉は単なる美辞麗句ではなくて、超人間的な行為を不断に要求し、その言葉の高みへまで昇って来るためには、死を賭した果断を要求している言葉であった。はじめは決意として語られたものが、次第次第にのっぴきならぬ同一化を強いるにいたるこの種の言葉は、はじめから日常瑣末な心理との間に架せられるべき橋を欠いていた。それこそ、意味内容はあいまいながらこの世ならぬ栄光に充ちあふれ、言葉自体が非個性的にモニュメンタルであればこそ、個性の滅却を厳格に要求し、およそ個性的な営為によるモニュメントの建設を峻拒している言葉であった。もし英雄が肉体的概念であるとすれば、あたかもアレキサンダー大王がアキレスを模して英雄になったように、独創性の禁止と、古典的範例への忠実が英雄の条件であるべきであり、英雄の言葉は天才の言葉とはちがって、既成概念のなかから選ばれたもっとも壮大高貴な言葉であるべきであり、同時にこれこそかがやける肉体の言葉と呼ぶべきだったろう。

かくて参考館で私は、精神が「終り」を認識したときのいさぎよい二種の言葉を見たのだった。

私の少年時代の作品は、この二種に比べれば、そのような死の確実性と接近に欠け、十分怯懦に毒されている余裕があっただけ、それだけ芸術に犯されていたわけである。特攻隊の美しい遺書に比べて、私は言葉を全く別な風に使っていた。しかし、私の精神が、言葉の自由を十分に容認し、言葉をふしだらなほど放任し、少年の作者に言葉の放蕩をほしいがままにさせながら、なおかつどこかで「終り」を認識していたことは、たしかなことに思われる。今読めばその兆は歴然としている。

今にして私は夢みる。あたかも白蟻に蝕まれた白木の柱のように、言葉が先にあらわれて、次に言葉に蝕まれた肉体があらわれたような人生は、必ずしも私一人ではなかった筈だ。私は独創性を否定しながら、どこかで私の生自体の独創性を肯定する矛盾を犯していた筈であり、肉体の教養はあからさまにその矛盾を私にあばいてくれた筈だ。それならばあの時代には、肉体が予見し精神が認識するところの「終り」は、特攻隊にも私にも渝りなく、等分に配布されていた筈だ。私はあの同一性を疑う余地のない地点に（肉体なしでも！）立っていることができた筈であり、死んだ若者たちの中には、私と全く同じに、白蟻に蝕まれた若者もいたにちがいない。いや、特攻隊の中にすらいたにちがいない。しかし幸いにも死んだ人たちは、定着された同一性のうちに、疑いようのない同一性のうちに、すなわち悲劇のうちに包括されたのだった。

十七歳の私の全知がこれを知らぬ筈はなかった。しかし私がはじめたことは、全知からできるだけ遠ざかることであった。時代を構築している素材を何一つ使わないつもりで、私は固執を純粋ととりちがえ、しかも方法をまちがえて、私が残そうと志したのは個性的なモニュメントになった。どうしてそんなものがモニュメントになりえたであろう。こうした錯誤の根本的な理由が今ありありと私にはわかるのだが、そのとき私は、言葉によって「終らせる」べき自分の生を蔑視していたのである。

蔑視と恐怖とは、ところで、少年にとっては同義語であった。私は多分それを言葉によって「終らせる」のが怖かったのである。終らせるべき現実からできるだけ遠ざかるところに、言葉の不朽を思い描いていた私は、しかしこの徒爾の行為に、たゆとうような陶酔を感じていた。更にあえて言えば、その行為には幸福も、いや、希望ですら欠けていなかった。そして戦争がおわり、精神が「終り」を認識することをはたと止めたのと同時に、陶酔も終熄した。

そこへ今さら帰ろうとする私の意図は、そもそも何を意味するのだろうか。私の求めているのは、自由なのか？　それとも不可能なのか？　その二つはもしかすると同じものを斥《さ》しているのであろうか。

明らかに私の欲しているのはその陶酔の再現であり、今度こそ、陶酔と共に、言葉については非個性の言葉を選んで、その真にモニュメンタルな機能を発揚させて、生を終らせてみせるという老練な技師の自負も、すでに私には備わっていた。頑固に「終り」を認識しない精神に対する私の復讐は、それしかなかったと云っても誇張にはなるまい。肉体が未来の衰退へ向って歩むとき、そのほうへはついて行かずに、肉体に比べればはるかに盲目で頑固な精神に黙ってついて行き、果てはそれにたぶらかされる人々と同じ道を、私は歩きたいとは思わなかった。

何とか私の精神に再び「終り」を認識させねばならぬ。そこからすべてがはじまるのだ。そこにしか私の真の自由の根拠がありえぬことは明らかだった。言葉の誤用によってことさら全知を避けていた少年時代の、あの夏のさわやかな水浴を思い出させる全知の水にふたたび涵《ひた》って、今度は水ごと表現してみせなくてはならぬ。

復帰が不可能だということは、人に言われるまでもなく、わかりきっている。しかしその不可能は私の認識の退屈を刺戟し、もはや不可能にしかよびさまされぬ認識の活力は、自由へ向って夢みていたのである。

文学による自由、言葉による自由というものの究極の形態を、すでに私は肉体の演ずる逆説の中に見ていたのだった。とまれ、私の逸したのは死ではなかった。私のかつて逸したのは悲劇だった。

……それにしても、私の逸したのは集団の悲劇であり、あるいは集団の一員としての悲劇だった。私がもし、集団への同一化を成就していたならば、悲劇への参加ははるかに容易な筈であったが、言葉ははじめから私を集団から遠ざけるように遠ざけるようにと働らいたのである。しかも集団に融け込むだけの肉体的な能力に欠け、そのおかげでいつも集団から拒否されるように感じていた私の、自分を何とか正当化しようという欲求が、言葉の習練を積ませたのであるから、そのような言葉が集団の意味するものを、たえず忌避しようとしたのは当然である。いや、むしろ、私の存在が兆にとどまっていた間に、あたかも暁の光りの前から降りはじめている雨のように、私の内部に降りつづけていた言葉の雨は、それ自体が私の集団への不適応を予言していたのかもしれない。人生で最初に私がやったことは、その雨のなかで自分を築くことであった。

さて、私の幼時の直感、集団というものは肉体の原理にちがいないという直感は正しかった。今にいたるまで、この直感を革《あらた》める必要を私は感じたことがない。後年、私が「肉体のあけぼの」と呼んでいるところの、肉体の激しい行使と死なんばかりの疲労の果てに訪れるあの淡紅色の眩暈《めまい》を知るにいたってから、はじめて私は集団の意味を覚えるようになったからである。

集団は、言葉がどうしても分泌せぬもろもろのもの、あの汗や涙や叫喚に関わっていた。さらに踏み込めば、言葉がついに流すことがなく流させることもない血に関わっていた。いわゆる血涙の文字というものが、ふしぎに個性的表現を離れて、類型的表現によって人の心を搏つのは、それが肉体の言葉だからであろう。

力の行使、その疲労、その汗、その涙、その血が、神輿担ぎの等しく仰ぐ、動揺常なき神聖な青空を私の目に見せ、「私は皆と同じだ」という栄光の源をなすことに気づいたとき、すでに私は、言葉があのように私を押し込めていた個性の閾を踏み越えて、集団の意味に目ざめる日の来ることを、はるかに予見していたのかもしれない。

もちろん、集団のための言葉というものもある。しかしそれらは決して自立した言葉ではない。すなわち、演説は演説者の、スローガンは煽動者の、戯曲の台詞は俳優の、それぞれの肉体によりかかっている。紙に書かれようと、叫ばれようと、集団の言葉は終局的に肉体的表現にその帰結を見出す。それは密室の孤独から、遠い別の密室の孤独への、秘められた伝播のための言葉ではなかった。集団こそは、言葉という媒体を終局的に拒否するところの、いうにいわれぬ「同苦」の概念にちがいなかった。なぜなら「同苦」こそ、言語表現の最後の敵である筈だからである。一著作家の心の中で、サーカスの巨大な天幕のように、星空へ向ってふくらまされた世界苦《ヴェルト・シュメルツ》も、ついに同苦の共同体を創ることはできぬ。言語表現は快楽や悲哀を伝達しても、苦痛を伝達することはできないからであり、快楽は観念によって容易に点火されるが、苦痛は、同一条件下に置かれた肉体だけが頒ちうるものだからである。

肉体は集団により、その同苦によって、はじめて個人によっては達しえない或る肉の高い水位に達する筈であった。そこで神聖が垣間《かいま》見られる水位にまで溢れるためには、個性の液化が必要だった。のみならず、たえず安逸と放埒と怠惰へ沈みがちな集団を引き上げて、ますます募る同苦と、苦痛の極限の死へみちびくところの、集団の悲劇性が必要だった。集団は死へ向って拓かれていなければならなかった。私がここで戦士共同体を意味していることは云うまでもあるまい。

早春の朝まだき、集団の一人になって、額には日の丸を染めなした鉢巻を締め、身も凍る半裸の姿で、駈けつづけていた私は、その同苦、その同じ懸声、その同じ歩調、その合唱を貫ぬいて、自分の肌に次第ににじんで来る汗のように、同一性の確認に他ならぬあの「悲劇的なもの」が君臨してくるのをひしひしと感じた。それは凜烈な朝風の底からかすかに芽生えてくる肉の炎であり、そう云ってよければ、崇高さのかすかな萌芽だった。「身を挺している」という感覚は、筋肉を躍らせていた。われわれは等しく栄光と死を望んでいた。望んでいるのは私一人ではなかった。

心臓のざわめきは集団に通い合い、迅速な脈搏は頒たれていた。自意識はもはや、遠い都市の幻影のように遠くにあった。私は彼らに属し、彼らは私に属し、疑いようのない「われら」を形成していた。属するとは、何という苛烈な存在の態様であったろう。われらは小さな全体の輪を以て、巨きなおぼろげな輝く全体の輪をおもいみるよすがとした。そして、このような悲劇の模写が、私の小むつかしい幸福と等しく、いずれ雲散霧消して、ただ存在する筋肉に帰するほかはないのを予見しながらも、私一人では筋肉と言葉へ還元されざるをえない或るものが、集団の力によってつなぎ止められ、二度と戻って来ることのできない彼方へ、私を連れ去ってくれることを夢みていた。それはおそらく私が、「他」を恃《たの》んだはじめであった。しかも他者はすでに「われら」に属し、われらの各員は、この不測の力に身を委ねることによって、「われら」に属していたのである。

かくて集団は、私には、何ものかへの橋、そこを渡れば戻る由もない一つの橋と思われたのだった。

エピロオグ——F104

私には地球を取り巻く巨きな巨きな蛇の環が見えはじめた。すべての対極性を、われとわが尾を嚥みつづけることによって鎮める蛇。すべての相反性に対する嘲笑をひびかせている最終の巨大な蛇。私にはその姿が見えはじめた。

相反するものはその極致において似通い、お互いにもっとも遠く隔ったものは、ますます遠ざかることによって相近づく。蛇の環はこの秘義を説いていた。肉体と精神、感覚的なものと知的なもの、外側と内側とは、どこかで、この地球からやや離れ、白い雲の蛇の環が地球をめぐってつながる、それよりもさらに高方においてつながるだろう。

私は肉体の縁《へり》と精神の縁《へり》、肉体の辺境と精神の辺境だけに、いつも興味を寄せてきた人間だ。深淵には興味がなかった。深淵は他人に委せよう。なぜなら深淵は浅薄だからだ。深淵は凡庸だからだ。

縁《へり》の縁《へり》、そこには何があるのか。虚無へ向って垂れた縁飾《ふち》りがあるだけなのか。

人は地上で重い重力に押しひしがれ、重い筋肉に身を鎧って、汗を流し、走り、撃ち、辛うじて跳ぶ。それでも時として、目もくらむ疲労の暗黒のなかから、果然、私が「肉体のあけぼの」と呼んでいるものが色めいてくるのを見た。

人は地上で、あたかも無限に飛翔するかのような知的冒険に憂身をやつし、じっと机に向って、精神の縁《へり》へ、もっと縁へ、もっと縁へと、虚無への落下の危険を冒しながら、にじり寄ろうとする。その時、(ごく稀にだが)、精神も亦、それ自身の黎明を垣間《かいま》見るのだ。

しかしこの二つが、決して相和することはない。お互いに似通ってしまうことはなかった。

私は知的冒険に似た、冷え冷えとした怖ろしい満足を、かつて肉体的行為の裡に発見したことがなかった。また、肉体的行為の無我の熱さを、あの熱い暗黒を、かつて知的冒険の裡に味わったことがなかった。

どこかでそれらはつながる筈だ。どこで？

運動の極みが静止であり、静止の極みが運動であるような領域が、どこかに必ずなくてはならぬ。

もし私が大ぶりに腕を動かす。そのとたんに私は知的な血液の幾分かを失うのだ。もし私が打撃の寸前に少しでも考える。そのとたんに私の一打は失敗に終るのだ。どこかでより高い原理があって、この統括と調整を企てていなければならぬ筈だった。

私はその原理を死だと考えた。

しかし私は死を神秘的に考えすぎていた。死の簡明な物理的な側面を忘れていた。地球は死に包まれている。空気のない上空には、はるか地上に、物理的条件に縛《いまし》められて歩き回る人間を眺め下ろしながら、他ならぬその物理的条件によってここまでは気楽に昇れず、したがって物理的に人を死なすこときわめて稀な、純潔な死がひしめいている。人が素面《すおもて》で宇宙に接すればそれは死だ。宇宙に接してなお生きるためには、仮面をかぶらねばならない。酸素マスクというあの仮面を。

精神や知性がすでに通い馴れているあの息苦しい高空へ、肉体を率いて行けば、そこで会うのは死かもしれない。精神や知性だけが昇って行っても、死ははっきりした顔をあらわさない。そこで精神はいつも満ち足りぬ思いで、しぶしぶと、地上の肉体の棲家へ舞い戻って来る。彼だけが昇って行ったのでは、ついに統一原理は顔をあらわさない。二人揃って来なくては受け容れられぬ。

私はまだあの巨大な蛇に会っていなかった。

それでいて、私の知的冒険は、いかに高い高い空について知悉していたことであろう。私の精神はどんな鳥よりも高く飛び、どんな低酸素をも怖れなかった。私の精神は本来、あの濃密な酸素を必要としなかったのかもしれない。ああ、あいつらの精神。肉体が跳ぶ高さしか跳ぶことのできぬ飛蝗《ばった》どもの精神。私はあいつらの影を、はるか下方の草地の中に一瞥すると、腹を抱えて笑ったものだ。

しかし、飛蝗どもからさえ、何事かを学ばねばならなかった。私は自分がその高空へついぞ肉体を伴って来たことがなく、つねに肉体を地上の重い筋肉の中に置きざりにしてきたことを悔いはじめた。

或る日、私は自分の肉体を引き連れて、気密室《プレシャー・チェンバー》の中へ入った。十五分間の脱窒素。すなわち百パーセントの酸素の吸入。こうして私の肉体は、私の精神が毎夜入っているのと同じ気密室へ入れられて、不動で、椅子に縛しめられ、肉体にとっては思いもかけない作業を強いられるのを知って、ひたすらおどろいていた。手足も動かさずに坐っていることが自分の役割になろうとは、想像もつかなかったのだ。

それは精神にとってはいとも易々たる、高空耐性の訓練だったが、肉体にとってははじめての経験だった。酸素マスクは呼吸につれて、鼻翼に貼りついたり離れたりしていた。精神は言いきかせた。

「肉体よ。お前は今日は私と一緒に、少しも動かずに、精神のもっとも高い縁《へり》まで行くのだよ。」

肉体は、しかし、傲岸にこう答えた。

「いいえ、私も一緒に行く以上、どんなに高かろうが、それも亦、肉体の縁《へり》に他なりません。書斎のあなたは一度も肉体を伴っていなかったから、そういうことを言うのです。」

そんなことはどうでもよい。私たちは一緒に出発したのだ。少しも動かずに！

天井の細穴からはすでに空気が残りなく吸い取られ、徐々に見えない減圧がはじまっていた。

不動の部屋は天空へ向って上昇していた。一万フィート、二万フィート、見たところ、室内には何一つ起らないのに、部屋は怖ろしい勢いで、地上の羈絆を脱しつつあった。部屋には酸素の稀薄化と共に、あらゆる日常的なものの影が薄れはじめた。三万五千フィートをすぎるころから、何かの近づく影があらわれて、私の呼吸は次第に、水面へ出てせわしげに口を開閉する瀕死の魚の呼吸になった。しかし私の爪の色は、チアノーゼの紫色にはなお遠かった。

酸素マスクは作動しているのだろうか。私は調節器のＦＬＯＷの窓をちらりと見て、大きく深く吸おうとする私の呼吸につれて、白い標示片が大きくゆるやかに動いているのを見た。酸素は供給されていた。しかし体内の溶存ガスの気泡化につれて、窒息感《チョーク》が起りつつあったのだ。

ここで行われている肉体的冒険は、知的冒険と正確に似ていたので、今まで私は安心していた。動かない肉体が何かに達することなど、想像もつかなかったからである。四万フィート。窒息感《チョーク》はいよいよ高まった。私の精神は仲よく肉体と手を携えて、どこかに自分のための空気が残されてはいないかと、血眼《ちまなこ》で探し回っていた。ほんの一片でもいい。空気があれば、それをがつがつと食べたであろう。

私の精神はかつて恐慌を知っている。不安を知っている。しかし肉体が黙って精神のために供給しているこの本質的な要素の欠乏をまだ知らなかった。息を止めて思考しようとすると、思考は何ものかに忙殺される。思考の肉体的条件の形成に忙殺されるのだ。そこで彼は又息をしてしまう、どうしてものがれることのできないあやまちを犯すかのように。

四万一千フィート。四万二千フィート。四万三千フィート。私は自分の口にぴたりと貼りついた死を感じた。柔らかな、温かい、蛸のような死。それは私の精神が夢みたいかなる死ともちがう、暗い軟体動物のような死の影だったが、私の頭脳は、訓練が決して私を殺しはしないことを忘れていなかった。しかしこの無機的な戯れは、地球の外側にひしめいている死が、どんな姿をしているかをちらと見せてくれたのだ。

……そこから突然のフリー・フォール。高度二万五千フィートの水平飛行のあいだ、酸素マスクを外して行われる低酸素症《ハイポクシア》の体験。又、一瞬の轟音と共に室内が白い霧に包まれる急減圧の体験。……私はこうして訓練に合格した。そして一枚の、航空生理訓練を修習したことを証する小さな桃いろのカードをもらった。私の内部で起っていることと、私の外部と、私の精神の縁《へり》と肉体の縁《へり》とが、どんな風にして一つの汀に融け合うか、それを知る機会がもうすぐ来るだろう。

十二月五日は美しく晴れていた。

H基地で、私は飛行場に居並んだF１０４超音速ジェット戦闘機群の銀いろにかがやく姿を見る。整備員が、私が乗せてもらう０１６号に手を入れている。F１０４が、こんなに物静かに休ろうているのを見るのははじめてだ。いつもその飛翔の姿に、私はあこがれの目を放った。あの鋭角、あの神速、F１０４は、それを目にするや否や、たちまち青空をつんざいて消えるのだった。あそこの一点に自分が存在する瞬間を、私は久しく夢みていた。あれは何という存在の態様だろう。何という輝やかしい放埓だろう。頑固に坐っている精神に対する、あれほど光輝に充ちた侮蔑があるだろうか。あれはなぜ引裂くのか。あれはなぜ、一枚の青い巨大なカーテンを素速く一口の匕首《あいくち》が切り裂くように切り裂くのか。その天空の鋭利な刃になってみたいとは思わぬか。

私は茜色の飛行服を着、落下傘を身に着けた。生存装具《サヴァイヴァル・キット》の切り離し方を教えられ、酸素マスクを試された。白い重いヘルメットは、あとしばらくのあいだ、私のものだった。そして靴の踵には、はね上って折れる足をつなぎとめるための、銀色の拍車がつけられた。

このとき午後二時すぎの飛行場には、雲間から撒水車のように光りがひろがって落ちていた。雲のありさまも光りのさまも、古い戦争画の空の描写に用いられる常套の手法だった。それは雲の裏に隠された聖櫃から、扇なりに雲をつんざいて落ちてくる荘厳な光芒の構図である。何故空がこんな風に、巨大な、いかめしい、時代おくれの構図を描き、光りが又いかにも内的な重みを湛え、遠い森や村落を神聖に見せていたのかわからない。それは今すぐにも切り裂かれる空の、告別の弥撒《ミサ》のようだ。パイプ・オルガンの光りだ、あれは。

……私は複座の戦闘機の後部座席に乗り、靴の踵の拍車を固定し、酸素マスクを点検し、蒲鉾形の風防ガラスでおおわれた。操縦士との無線の対話は、しばしば英語の指令に妨げられた。私の膝の下には、すでにピンを抜いた脱出装置の黄いろい鐶が静まっていた。高度計、速度計、おびただしい計器類。操縦士が点検している操縦桿は、もう一つ私の前にもあって、それが点検に応じて、私の膝の間であばれている。

二時二十八分。エンジン始動。金属的な雷霆の間に、操縦士のマスクの中の息の音が、大空の規模で、台風のようにはためいてきこえる。二時半。０１６号機はゆるやかに滑走路へ入り、そこで止ってエンジンの全開のテストをした。私は幸福に充たされる。日常的なもの、地上的なものに、この瞬間から完全に訣別し、何らそれらに煩わされぬ世界へ出発するというこの喜びは、市民生活を運搬するにすぎない旅客機の出発時とは比較にならぬ。

何と強く私はこれを求め、何と熱烈にこの瞬間を待ったことだろう。私のうしろには既知だけがあり、私の前には未知だけがある、ごく薄い剃刀の刃のようなこの瞬間。そういう瞬間が成就されることを、しかもできるだけ純粋厳密な条件下にそういう瞬間を招来することを、私は何と待ちこがれたことだろう。そのためにこそ私は生きるのだ。それを手助けしてくれる親切な人たちを、どうして私が愛さずにいられるだろう。

私は久しく出発という言葉を忘れていた。致命的な呪文を魔術師がわざと忘れようと努めるように、忘れていたのだ。

Ｆ１０４の離陸は徹底的な離陸だった。零戦が十五分をかけて昇った一万メートルの上空へ、それはたった二分で昇るのだ。＋《プラス》Ｇが私の肉体にかかり、私の内臓はやがて鉄の手で押し下げられ、血は砂金のように重くなる筈だ。私の肉体の錬金術がはじまる筈だ。

Ｆ１０４、この銀いろの鋭利な男根は、勃起の角度で大空をつきやぶる。その中に一疋の精虫のように私は仕込まれている。私は射精の瞬間に精虫がどう感じるかを知るだろう。

われわれの生きている時代の一等縁《へり》の、一等端《はし》の、一等外《はず》れの感覚が、宇宙旅行に必須なＧにつながっていることは、多分疑いがない。われわれの時代の日常感覚の末端が、Ｇに融け込んでいることは、多分まちがいがない。われわれがかつて心理と呼んでいたものの究極が、Ｇに帰着するような時代にわれわれは生きている。Ｇを彼方に予想していないような愛憎は無効なのだ。

Ｇは神的なものの物理的な強制力であり、しかも陶酔の正反対に位する陶酔、知的極限の反対側に位置する知的極限なのにちがいない。

Ｆ１０４は離陸した。機首は上った。さらに上った。思う間《ま》に手近な雲を貫ぬいていた。

一万五千フィート、二万フィート。高度計と速度計の針が白い小さな高麗鼠のように回っている。準音速のマッハ0・9。

ついにGがやってきた。が、それは優しいGだったから、苦痛ではなくて、快楽だった。胸が、滝が落ちるように、その落ちた滝のあとに何もないかのように、一瞬空《から》になった。私の視界はやや灰色の青空に占められていた。それは青空の一角をいきなり齧《かじ》り、青空の塊りを嚥下する感覚だ。清澄なままに理性は保たれていた。すべては静かで、壮大で、青空のおもてには白い雲の精液が点々と迸っていた。眠っていなかったから醒めることもなかった。しかし醒めている状態から、もう一皮、荒々しく剝ぎ取られたような覚醒があって、精神はまだ何一つ触れたもののないように無垢だった。風防ガラスのあらわな光りの中で、私は晒された歓喜を嚙んでいた。苦痛に襲われたように、多分歯をむき出して。

私はかつて空に見たあのF104と一体になり、私は正に、かつて私がこの目に見た遠いものの中へ存在を移していた。つい数分前までは私もその一人であった地上の人間にとって、私は一瞬にして「遠ざかりゆく者」になり、かれらの刹那の記憶に他ならない一点に、今正に存在していた。

風防ガラスをつらぬいて容赦なくそそぐ太陽光線、この思うさま裸かになった光りの中に、栄光の観念がひそんでいると考えるのは、いかにも自然である。栄光とはこのような無機的な光り、超人間的な光り、危険な宇宙線に充ちたこの裸かの光輝に、与えられた呼名にちがいない。

三万フィート。三万五千フィート。

雲海ははるか下方に、目に立つほどの凹凸もなく、純白な苔庭のようにひろがっていた。F104は、地上に及ぼす衝撃波を避けるために、はるか海上へ出て、南下しながら、音速を超えようとするのである。

午後二時四十三分。三万五千フィートで、それはマッハ0・9の準音速《サブ・ソニック》から、かすかな震動を伴って、音速を超え、マッハ1・15、マッハ1・2、マッハ1・3に至って、四万五千フィートの高度へ昇った。沈みゆく太陽は下にあった。

何も起らない。

あらわな光りの中に、ただ銀いろの機体が浮び、機はみごとな平衡を保っている。それは再び、閉ざされた不動の部屋になった。機は全く動いていないかのようだ。それはただ、高空に浮んでいる静止した奇妙な金属製の小部屋になった。

あの地上の気密室は、かくて宇宙船の正確なモデルになる筈だ。動かないものが、もっとも迅速に動くものの、精密な原型になるのだ。

　窒息感《チョーク》も来ない。私の心はのびやかで、いきいきと思考していた。閉ざされた部屋と、ひらかれた部屋との、かくも対極的な室内が、同じ人間の、同じ精神の棲み家になるのだ。行動の果てにあるもの、運動の果てにあるものがこのような静止だとすると、まわりの大空も、はるか下方の雲も、その雲間にかがやく海も、沈む太陽でさえ、私の内的な出来事であり、私の内的な事物であってふしぎはない。私の知的冒険と肉体的冒険とは、ここまで地球を遠ざかれば、やすやすと手を握ることができるのだ。この地点こそ私の求めてやまぬものであった。

　天空に浮んでいる銀いろのこの筒は、いわば私の脳髄であり、その不動は私の精神の態様だった。脳髄は頑なな骨で守られてはいず、水に浮んだ海綿のように、浸透可能なものになっていた。内的世界と外的世界とは相互に浸透し合い、完全に交換可能になった。雲と海と落日だけの簡素な世界は、私の内的世界の、いまだかつて見たこともない壮大な展望だった。と同時に、私の内部に起るあらゆる出来事は、もはや心理や感情の羈絆を脱して、天空に自由に描かれる大まかな文字になった。

　そのとき私は蛇を見たのだ。

地球を取り巻いている白い雲の、つながりつながって自らの尾を嚥んでいる、巨大というもおろかな蛇の姿を。

　ほんのつかのまでも、われわれの脳裡に浮んだことは存在する。現に存在しなくても、かつてどこかに存在したか、あるいはいつか存在するであろう。それこそ気密室と宇宙船との相似なのだ。私の深夜の書斎と、四万五千フィート上空のF１０４の機体内との相似なのだ。肉体は精神の予見に充たされて光り、精神は肉体の予見に溢れて輝やく筈だ。そしてその一部始終を見張る者こそ、意識なのだ。今、私の意識はジェラルミンのように澄明だった。

　あらゆる対極性を一つのものにしてしまう巨大な蛇の環は、もしそれが私の脳裡に泛んだとすれば、すでに存在していてふしぎはなかった。蛇は永遠に自分の尾を嚥んでいた。それは死よりも大きな環、かつて気密室で私がほのかに匂いをかいだ死よりももっと芳香に充ちた蛇、それこそはかがやく天空の彼方にあって、われわれを瞰下ろしている統一原理の蛇だった。

　操縦士の声が私の耳朶を搏った。

「これから高度を下げて、富士へ向って、富士の鉢の上を旋回したのち、横転やＬＡＺＹ８《エイト》を多少やります。それから中禅寺湖方面を回って帰還します」

　富士は機首のやや右に、雲をしどけなく身に纏って、黒い影絵の肩を聳やかせていた。左方には、夕日にかがやく海に、白い噴煙をヨーグルトのように凝固させた大島があった。

すでに高度は、二万八千フィートを割っていた。

眼下の雲海のところどころの綻《ほころ》びから、赤い百合が咲き出ている。夕映えに染められた真紅の海面の反映が、雲のほんのかすかな綻びを狙って、匂い出ているのである。その紅が厚い雲の内側を染めて映発するから、それがあたかも赤い百合があちこちに、点々と咲いているように見えるのだ。

〈イカロス〉

私はそもそも天に属するのか？
そうでなければ何故天は
かくも絶えざる青の注視を私へ投げ
私をいざない心もそらに
もっと高くもっと高く

人間的なものよりもはるか高みへ
たえず私をおびき寄せる?
均衡は厳密に考究され
飛翔は合理的に計算され
何一つ狂おしいものはない筈なのに
何故かくも昇天の欲望は
それ自体が狂気に似ているのか?
私を満ち足らわせるものは何一つなく
地上のいかなる新も忽ち倦かれ
より高くより高くより不安定に
より太陽の光輝に近くおびき寄せられ
何故その理性の光源は私を灼き
何故その理性の光源は私を滅ぼす?
眼下はるか村落や川の迂回は
近くにあるよりもずっと耐えやすく
かくも遠くからならば

人間的なものを愛することもできようと
何故それは弁疏し是認し誘惑したのか？
その愛が目的であった筈もないのに？
もしそうなれば私が
そもそも天に属する筈もない道理なのに？
鳥の自由はかつてねがわず
自然の安逸はかつて思わず
ただ上昇と接近への
不可解な胸苦しさにのみ駆られて来て
空の青のなかに身をひたすのが
有機的な喜びにかくも反し
優越のたのしみからもかくも遠いのに
もっと高くもっと高く
翼の蠟の眩暈《めまい》と灼熱におもねったのか？

されば
そもそも私は地に属するのか？
そうでなければ何故地は
かくも急速に私の下降を促し
思考も感情もその暇を与えられず
何故かくもあの柔らかなものうい地は
鉄板の一打で私に応えたのか？
私の柔らかさを思い知らせるためにのみ
柔らかな大地は鉄と化したのか？
墜落は飛翔よりもはるかに自然で
あの不可解な情熱よりもはるかに自然だと
自然が私に思い知らせるために？
空の青は一つの仮想であり
すべてははじめから翼の蠟の
つかのまの灼熱の陶酔のために
私の属する地が仕組み

かつは天がひそかにその企図を助け
私に懲罰を下したのか？
私が私というものを信ぜず
あるいは私が私というものを信じすぎ
自分が何に属するかを性急に知りたがり
あるいはすべてを知ったと傲り
未知へ
あるいは既知へ
いずれも一点の青い表象へ
私が飛び翔とうとした罪の懲罰に？

私の遍歴時代

1

小説家として暮らしている今になってみると、むかし少年時代の私が、何が何でも小説家になりたいと思っていたのは、実に奇体な欲望だったと思い当たる。こんな欲望は、決して美しいものでもロマンチックなものでもなく、要するに少年の心がおぼろげに予感し、かつ怖れていた、自分自身の存在の社会的不適応によるのであろう。今とちがって、小説家になれば金持ちになるから、などという空想はありえなかった。

さて、どこから自分の文学的遍歴を語りだしたらよいか。学校内の文学活動はしばらくおくとして、戦時中の日本浪曼派とのつながりから書き出したらよかろうと思う。私は日本浪曼派の周辺にいたことはたしかで、当時二本の糸が、私を浪曼派につないでいた。一本の糸は、学習院の恩師、清水文雄先生であり、もう一本の糸は、詩人の林富士馬氏であった。

私の小説をはじめて学校外の社会へ紹介してくれたのは、清水先生であり、私の現在の筆名を作ってくれたのも先生である。日本の古典文学へ目をひらいてくれたのも先生である。先生は和泉式部研究家として著名で、岩波文庫の和泉式部日記も先生の校訂によるものだ。

当時、斎藤清衛博士の門弟の国文学者たちが、「文芸文化」という雑誌を出しており、蓮田善明氏、栗山理一氏、池田勉氏、清水先生などがその同人であり、国文学界のヌーベル・バーグの観があった。私の「花ざかりの森」は、先生のその紹介によって、この雑誌に発表され、同人諸氏の集まりにも招かれるようになった。

「文芸文化」は、戦争中のこちたき指導者理論や国家総力戦の功利的な目的意識から、あえかな日本の古典美を守る城砦であったが、同時に、西洋的な理性を潔癖に排除した批評という矛盾が、その主張を幾分ドグマティックにもしていた。しかし今読むと、戦争中の雑誌に似げなく、意外にのどかな閑文字の多い雑誌で、今アット・ランダムに、昭和十八年七月号をくってみれば、次のような目次が見られる。

衣通姫の流……………清水　文雄
達磨歌―定家伝…………栗山　理一
世々に残さん……………三島由紀夫
枯枝の柳…………………栗山　理一

このうち「忠霊にたてまつる」は続日本紀の引用による巻頭言であり、「那智」は詩、「久爾能麻本呂婆《くにのまほろば》」は、古語の語源的考証であり、「衣通姫の流」は「文学とはもともと優柔体の別名である。優柔でない『花』などありやうがないからである」という反時代的エッセイであり、「達磨歌」はもっとも文学的な定家伝であり、「枯枝の柳」はアッツ島玉砕を悼む短文である。

こんな内容の雑誌が、そんな時代にのんびり出されていたことは、ふしぎな感じがするほどで、もちろんそれを可能にするだけの同人諸氏の自衛の努力があったためでもあるが、同人のうち、蓮田氏は最右翼であり、栗山氏はもっとも時流に超然とした風を見せて、多少シニカルでさえあった。蓮田氏はのちに、敗戦と共に自決によってその思想を貫き通した。蓮田氏の死については、小高根二郎氏発行の雑誌「果樹園」に連載された「蓮田善明とその死」に詳しい。

この人たちは、佐藤春夫、保田與重郎、伊東静雄諸氏の仕事に感心しており、これらの名は会合の席でもひんぱんに出た。私は保田氏の本を集めだしたが、「戴冠詩人の御一人者」や「日本の橋」「和泉式部私抄」などの本は、今でも、稀に見る美しい本だと思っている。何だか論理が紛糾してわかりにくい文章だが、それがあの時代の精神状況を一等忠実に伝える文体だったという気もしている。

ただ驚いたのは「浪曼派的文芸批評」で、ひどく戦闘的な批評だが、氏がむやみと持ち上げている作品に一つ一つ実地に当たってみると、世にもつまらない作品ばかりなのに呆れたのをおぼえている。これは私の文学的野心をはなはだ混乱させた本であった。

そのうちにその神秘的な保田氏に、いよいよ会うチャンスがめぐってきた。

2

保田與重郎氏を訪問したのは、私の学校における講演をおねがいに行ったのだと思う。あとになって考えると妙なことに、保田氏の印象と川端康成氏の印象がよく似ていて、客を迎えて座敷にあるときの主人としての居住い、言葉すくなに低い声で語る言葉にかすかに残る上方訛り、顔の表情をあまり変えず何事にも大しておどろかない物静かさ、……おそらく出身地の共通性ということもあろうが、どちらも初対面が和服姿であったことも加えて、ふしぎと似た印象を残している。川端氏の場合は、氏の文学と比べて、そんなに異質の印象を受けなかったが、保田氏の場合ははなはだしく意外であった。氏の文学から、私は談論風発、獅子のごとき人物を想像していたからである。

本多秋五氏の「物語戦後文学史」の中に「バルカノン」という雑誌からの対談が引用されており、その中で、私が、女子学習院に弁当泥棒の入った話をしたことを、保田氏が語っているが、この件はとんと記憶にない。大体私は、勝手なことを喋り散らして、片っ端から忘れてしまう人間なので、きっといろいろと軽薄なお喋りをしたと思う。

ただ一つ記憶に残っているのは、

「保田さんは謡曲の文体をどう思われますか」

と質問して、

「さあ、昔からつづれ錦と言われているくらいで、当時の百科辞典みたいな文章でしょう」

と答えられたことである。

保田氏のこの答えは年少の私をひどく失望させたので、その失望によって記憶に残っているらしいのであるから、保田氏にとっては迷惑な話である。というのは、私は当時、中世文学に凝りはじめていて、特に謡曲の絢爛たる文体は、裡に末世の意識をひそめた、ぎりぎりの言語による美的抵抗であって、こういう極度に人工的な豪華な言語の駆使は、かならず絶望感の裏打ちを必要とするはずだから、それについて保田氏の、浪曼主義者らしい警抜な一言を期待していたのである。しかし弁当泥棒の話などを得々とする一少年の客に対して、氏がそんな重大な返答を与える義務がなかったことはもちろんである。

——私は大体、尊敬する人に畏敬の念をもって近づくことよりも、人に愛されていることのほうを喜ぶ甘ったれの坊ちゃん気質が抜け切れず、保田與重郎氏も、佐藤春夫氏も、萩原朔太郎氏も、伊東静雄氏も、一回ずつしか訪問したことがなかったように記憶する。

中学時代の私は、先輩の坊城俊民氏と、毎日厚い文学的な手紙のやりとりをしたり、同じく先輩の東文彦氏や徳川義恭氏と「赤絵」という同人雑誌をはじめたりしていたが、多分「文芸文化」を通じて、はじめて得た外部の文学的友人は、詩人の林富士馬氏であった。

林氏によって、そう言ってはわるいが、私ははじめて、真の文学青年というものの典型を知ったのである。氏はもちろん個性的な詩人で、あたかもゴーティエの回想録中の人物のような浪曼派であったが、文学および文壇というものが、これほど夢の糧になるものかを、私ははじめて知った。それまで母校のなまぬるい文学的雰囲気においては、文壇とは、白樺派の作家たちの立派な客間に直結するものでしかなかった。

熱に浮かされたような文学への憧憬、佐藤春夫氏をはじめとする浪曼派作家の日常座臥の伝説化、いろんなゴシップの熱心な蒐集、食糧難の東京における芸術家のダンディズムへのあこがれ、……林氏はそういうものすべての象徴であって、氏のまわりには何人かの若い詩人が集まっていた。その中には御多分にもれず狂人もいて、みみっちいけれどもヴィヴィッドな、浪曼派的ふん囲気をかもし出していた。それは母校の文学的交際ではついぞ味わったことのないものであった。

「いいですね、……ね、そういうところ、佐藤さんらしくて、いいですね」

というような話し方を林氏はした。私は一人の文学者を、そういう風に肉体的にとらえる表現方法を、それまで知らなかったのである。

私がなぜ詩人たちと交際を持ちやすかったか、というわけは、私が少年時代に下手な詩を書いていて、川路柳虹氏に師事しており、自分を詩人だと信じ、人も半ばそう信じていた自他の誤解ないし錯覚に基づくものらしい。その夢からいかに私がさめたかという経緯は、「詩を書く少年」という短篇小説にこまごまと書いたから、再説を控えよう。

3

こんな文学的生活を送っていれば、いつかは本を出したくなるのが人情で、その上、兵隊にとられれば生きてかえることは期待できないから、二十年の短生涯の記念をのこしたいという思いは、いっそう募ってきた。

そういうといかにも悲壮めいてきこえるが、当時の学生の気分はふんわりした陽気なニヒリズムとでもいうべきものに充たされていて、十九歳の私は純情どころではなく、文学的野心については、かなり時局便乗的でもあったことを自認する。「花ざかりの森」初版本の序文などを今読んでみてイヤなのは、その中の自分の全部がそうだとはいわないが、何割かの自分に、小さな小さなオポチュニストの影を発見するからである。

処女短篇集「花ざかりの森」は昭和十九年の晩秋に、七丈書院という出版社から出た。それは多分七丈書院が筑摩書房に統合される前の最後の出版であったように思う。こんな無名作家の短篇集が世に出たのは、全く「文芸文化」同人諸氏の口添えと直接には、富士正晴氏の尽力によるものである。

富士正晴氏は今でも、次々と新人を世に送り出す名人である。それは氏の無償の行為であって、何のゆかりもない私に、急にそうして、思いがけない機会を与えてくれた氏の厚意は、その後も何の交遊関係もないままに、私の心にいつまでも何か明るい愉しい、ふしぎな思い出として残っている。

あとで思えば、戦争中の氏にはすでに何か戦後精神の萌芽のようなものが見られた。この小柄な青年は、どういうわけだかいくつかの小出版社に顔がきき、私を連れて戦争末期の東京をちょこまかと事務的に歩き、林富士馬氏とはちがって文学論はあんまりやらず、早口の大阪弁でちょいちょいと人をからかい、後年の「ヴァイキング」誌に開花する、とめどもない冗談の精神を生きていた。ひどく活力的だが、活力の方向は明示せず、不敵な目を光らせながら、自己韜晦を忘れなかった。私は富士氏の中に戦時中の日本浪曼派と活力に充ちた関西ふうの戦後精神との、一等自然な橋がかかっていたのを感じる。

しかし、よくまあ、「花ざかりの森」のごとき不急不用の小説集が、すでに空襲のはじまっていた東京で出たものである。どうしても用紙割り当てを確保しなければならないので、私はその申請書に「皇国の文学伝統を護持して」とか何とか、大へんな文句を並べたのをおぼえている。ともかく用紙の割り当て許可が下り、七丈書院はコットン紙まがいの黄色いかなり立派な紙を使い、徳川義恭氏の光琳写しの原色版印刷の美しい表紙に装って、多分、やけっぱちの出版かもしれないけれど、「花ざかりの森」を出してくれた。他に本のない時代であるから、四千部が一週間で売り切れた。これで私は、いつ死んでもよいことになったのである。

もちろん当時の文壇の反響などありえようもない時代であったが、ずいぶんあとになって、戦争末期にあの本を買って読んだ感想を語ってくれる人がかなりあるところを見ると、いかにあんな種類の本の出版が、当時の情勢下、異常なことであったかがわかる。

そのころ私は大学に進学しており、いつ赤紙が来るかわからない状態にあった。

私一人の生死が占いがたいばかりか、日本の明日の運命が占いがたいその一時期は、自分一個の終末観と、時代と社会全部の終末観とが、完全に適合一致した、まれに見る時代であったといえる。私はスキーをやったことがないが、急滑降のふしぎな快感は、おそらくああいう感情に一等似ているのではあるまいか。

少年期と青年期の境のナルシシズムは、自分のために何をでも利用する。世界の滅亡をでも利用する。鏡は大きければ大きいほどいい。二十歳の私は、自分を何とでも夢想することができた。薄命の天才とも。日本の美的伝統の最後の若者とも。デカダン中のデカダン、頽唐期の最後の皇帝とも。それから、美の特攻隊とも。……こんなきちがいじみた考えが昂じて、ついに私は、自分を室町の足利義尚将軍と同一化し、いつ赤紙で中断されるかもしれぬ「最後の」小説、「中世」を書きはじめた。

4

小説「中世」は、さきに保田與重郎氏に謡曲の文体について質問したころから、私の心にわだかまっていた終末観の美学の作品化であって、当時大学の勤労動員で行っていた中島飛行機の工場で書きつづけた。作中に用いた宴曲や、若衆の名前などは、後年、中世研究家の多田侑史氏の助言で改訂したので、第一稿とは二、三の異同がある。

「中世」は中河与一氏の厚意で雑誌「文芸世紀」に連載され、同じころ、野田宇太郎氏の厚意で、短篇「エスガイの狩」が「文芸」に載ったり、「現代」の依頼で「菖蒲前」を書いたり、空襲の激化のあいだに、私の文学世界は少しずつひろがっていった。

昭和二十年早春にいよいよ赤紙が来たとき、私は気管支炎で高熱を発しており、それを胸膜炎とまちがえられて、即日帰郷になったいきさつなどは、ほうぼうへ書いたから、省略するが、赤紙が来ようが来まいが、一億玉砕は必至のような気がして、一作一作を遺作のつもりで書いていた。終戦にまたがって書きつづけた「岬にての物語」も、そういう作品の一つである。こんな気分は、よほど強烈な影響を、成長期の心に与えるものとみえて、いまでも、核戦争を必至のように考えがちなのは、過去の一時期の感情体験を、未来へ投影するせいかとも思われる。

戦後十七年を経たというのに、未だに私にとって、現実が確固たるものに見えず、仮りの、一時的な姿に見えがちなのも、私の持って生まれた性向だと言えばそれまでだが、明日にも空襲で壊滅するかもしれず、事実、空襲のおかげで昨日在ったものは今日はないような時代の、強烈な印象は、十七年ぐらいではなかなか消えないものらしい。

戦時の私は、かくて自分の感受性だけに縋って暮らしていたが、いまから考えるとバカのようだが、当時としては、仕方のない生き方だったと考えられる。

しかし人間の記憶などはあてにならぬもので昨年ある文学全集の月報に、清水文雄先生が発表された当時の私の葉書があって、それによると、昭和二十年五月、神奈川県高座郡の、海軍高座工廠にいた私は、机辺に、和泉式部日記、上田秋成全集、古事記、日本歌謡集成、室町時代小説集、鏡花を五、六冊、並べていたのはよいとして、イエーツの一幕物を謡曲の候文で訳している、などと先生に報告している。

こんなことをうそをつくわけはないから、本当に訳していたのであろうが、まるで私の記憶からはぬぐい去られている。訳していたとすれば、「鷹の泉にて」ででもあろうか。しかし私の語学力などは、当時もいまも、お粗末の極みであって、ろくな翻訳ができたはずもなく、きっと途中で放棄したのにちがいない。

この一例でもわかるように、イエーツと戦争末期の時代とは、簡単には結びつかない。その結びつかないものを、努力して結びつけていたというのではなく、私は当時の現実を捨象することに一生けんめいで、もはや文学的交際も身辺に絶え、できるだけ小さな、孤独な美的趣味に熱中していたものと思われる。いずれは死ぬと思いながら、命は惜しく、警報が鳴るたびにそのまま寝てすごす豪胆な友だちもいるのに、いつも書きかけの原稿を抱えて、じめじめした防空ごうの中へ逃げ込んだ。その穴から首をもたげてながめる、遠い大都市の空襲は美しかった。炎はさまざまな色に照り映え、高座郡の夜の平野の彼方、それはぜいたくな死と破滅の大宴会の、遠い篝のあかりを望み見るかのようであった。

こういう日々に、私が幸福だったことは多分確かである。就職の心配もなければ、試験の心配さえなく、わずかながら食物も与えられ、未来に関して自分の責任の及ぶ範囲が皆無であるから、生活的に幸福であったことはもちろん、文学的にも幸福であった。批評家もいなければ競争者もいない、自分一人だけの文学的快楽。……こんな状態をいまになって幸福だというのは、過去の美化のそしりを免かれまいが、それでもできるだけ正確に思い出してみても、あれだけ私が自分というものを負担に感じなかった時期は他にない。私はいわば無重力状態にあり、私の教養は古本屋の教養であり、（事実、戦争末期には、金で素直に買えるものは古本しかなかった）、私の住んでいたのは、小さな堅固な城であった。――そして不幸は、終戦と共に、突然私を襲ってきた。

5

終戦後、私が小説家になるという夢も捨てきれず、さりとてそれ一本で立つ自信もなく、だれしも考えるように、二重生活をめざして、学校の勉強と創作の両天秤をかけていた時期は、私自身にとっては、平凡な法学生の生活で、今のように若い者を誘惑する各種の享楽もなく遊び場所もなく、学校が退けたらまっすぐ家へかえる他はなかったが、外の社会はアラシのようで、文壇はまた、疾風怒濤の時代を迎えていた。

私も内心、そういう波に乗りたい気があったが、戦時中の小さなグループ内での評判などはうたかたと消え、戦争末期に、われこそ時代を象徴する者と信じていた夢も消えて、二十歳で早くも、時代おくれになってしまった自分を発見した。これには私も途方に暮れた。私が愛してきたラディゲも、ワイルドも、イエーツも、日本古典も、すべて時代の好尚にそむいたものになってしまった。実はそういう言い方は大袈裟であって、戦争中はかえってひそかな個人的嗜好がゆるされたのに、戦後の社会は、たちまち荒々しい思想と芸術理念の自由市場を再開し、社会が自らの体質に合わないものは片っ端から捨ててかえりみない時代になったのである。戦時中、小グループの中で天才気取りであった少年は、戦後は、だれからも一人前に扱ってもらえない非力な一学生にすぎなかった。

そのころ例の七丈書院が合併された筑摩書房が、水道橋とお茶の水の間の電車通りに面した古いビルの二階に移っているのを知って、私は「花ざかりの森」や「中世」や「岬にての物語」を含む大部の原稿を持ち込んだ。

これは十年あまりあとになってわかった笑い話だが、のちに年長の友となった中村光夫氏が、当時筑摩書房の顧問になっていて、これらの原稿を読み、マイナス百二十点をつけたそうで、そんな原稿が日の目を見るはずもなく、たびたび通ったがムダに終わり、ついに原稿を返してもらった。こういう事態に処するに、二十歳の私は母校仕込みで、かなり冷静な貴族的態度をとったという自信がある。と同時に、これは自分も、地道に勉強して役人になる他はない、と思わざるをえなかった。

当時、新雑誌が次々と出ていたが、多くは大家の原稿とりに熱心で、新人が待望されるほど時代は落ち着いていなかった。荷風、白鳥などの大家の作品が、久々に純綿米のごちそうを供されるように、新鮮な魅力で人々をうっとりさせていた。

私はラディゲの文学的出発に戻って、「盗賊」という最初の長篇を書き出しており、この原稿でのちにたびたび川端康成氏を悩ませることになるのだが、たしか昭和二十一年の正月、はじめて氏を訪問するときに携えて行った原稿は「中世」と「煙草」であった。「文芸世紀」の発刊は中絶していたので、それまで、「中世」は冒頭の一部分しか活字になっていなかったのである。

なぜ私が川端氏を訪問する勇気を持ったか、そのへんがどうも記憶があいまいなのであるが、紹介状も持たずに有名作家を訪問するほどの蛮勇は持ち合わせなかった私であるから、何か私を力づける事情があったにちがいない。氏が「花ざかりの森」や、「文芸世紀」所載の「中世」を読んでおられて、だれかに称賛の言葉をもらされて、それが私の耳に届いており、それを私が頼みの綱にしていたことは確かであったが。

氏は当時鎌倉大塔宮裏の、蒲原有明氏の家を借りておられ、家主と同居の形になっていた。バスなんかない時代で、駅から歩いて行くほかはなかったが、行ってみると座敷一杯のお客様で、すでに氏は鎌倉文庫の重役として、「人間」を創刊されており、それまで単調な学校生活と家庭としか知らなかった私は、このときはじめて、戦後の文壇のわき立った活力に触れたのである。

雨後の筍のように出た出版社が、氏の旧作の復刊のおねがいに殺到しており、その上、川崎長太郎氏や、石塚友二氏などの顔も見え、ゴム長をはいてひょこひょこ帰ってゆく川崎氏を、文壇にうとい私は本当の魚屋かと思ってながめていた。

氏はそのまんなかに、一九六三年の今日もすこしも変わらぬ、平静な、面白くも可笑しくもないような顔をして、黙ってすわっておられた。

6

川端康成氏の推薦で「煙草」が「人間」に載るという吉報を得たのは、それから間もなくのことであった。私は鎌倉へ飛んで行って、お礼を申し述べたが、今もあのときのうれしさは忘れられない。それは私の作品がはじめて「戦後の」、すなわちオーソドックスの文壇に紹介されることだったからである。

たしかその時、「中世」もそのうちに載せてやろうというお話があり、思いがけない喜びが重なった。「中世」の原稿を再吟味するために一応返していただくことにして、膝の上でめくっていると、ちょうど来合わせておられた久米正雄氏が、川端氏にすすめられて、私から原稿をうけとり、パラパラとめくって、おわりの一行だけ読み、

「帰思方《まさ》に悠なる哉、か。ホホウ、学があるんだね」

と言われたのを思い出す。戦時育ちの学生が、漢詩なんかの引用をしているのに、氏はきっと「微苦笑」的感想を持たれたのであろう。

こうなるともう私は鎌倉文庫へは木戸御免で、デパートの二階の事務所を、たまたま大学の帰り途であるところから、用もないのにたびたび訪問するようになった。「人間」の編集長の木村徳三氏にも紹介され、この小説の稀代の「読み手」から、技術上の注意をいろいろと受けて、どれだけ力づけられたかわからない。私の「人間」所載の初期作品「夜の仕度」や「春子」等は、ほとんど木村氏との共作と言っても過言ではないほど、氏の綿密な注意に従って書き直され補訂されたものである。

思うに新進作家と文芸雑誌の編集者との関係は、新人ボクサーと老練なトレーナーとの関係の如くあるべきで、木村氏を得た私は実に幸運であったが、こういう幸運を得た作家は私ばかりではない。今でも、文芸雑誌の編集者と若い作家との間には、こうした利害を越えた関係の伝統が残っており、この精神がなくなったら、文芸雑誌なぞという赤字商売は、とたんに存続の理由を失うのである。マスコミの発達と共に、新人が編集者に対していたずらに卑屈になったり、あるいは政治的利害だけで相渉ろうとしたりすれば、それは自らの文学をおとしめる役にしか立たぬ、と私は老婆心ながら忠告したい。

さて、新人の辛さは、「待たされる」辛さであるということを、このころから私は思い知った。今も昔もこの点は変わらないが、載せると決まった新人の原稿があっても、ピンチ・ヒッターとして組みおきにされることが多く、毎月の〆切すれすれに大家や流行作家の原稿が入ると、新人の作品は来月回しということになる。三月号ぐらいには出ると思っていた「煙草」が、七月号にやっと出るまで、私は催促を口に出して言うこともならず、毎月の「人間」の新聞広告を見てはガッカリし、足は自然に鎌倉文庫へ向くというわけで、行けば向うも用件はわかっているから、長々と待合室で待たされることになった。

大学の午後の講義がおわり、日本橋まで来て、ここの待合室で、戦後の文壇の活況をながめているのは面白かった。菊池寛氏の姿もよそながらここで見た。氏は当時めずらしい毛皮の外套を着た中国人の非常な美人を連れてきて、

「君、この人の小説は非常にいいいんだよ。今度書いたのなんか傑作だよ」

と彼女をしきりに推賞しておられた。

人々は忙しそうに立ち働き、その多忙な様子には、見るからに新時代が躍動していた。戦争には負けたけれども、もう爆弾の落ちる心配はなく、自由な言論と、企業的成功とが一緒に来て、社員の一人一人に、もっともやり甲斐のある仕事に携わってい

るという気組みが見られた。しかし私は時々、呆然たる感想におそわれた。これが一体現実なのだろうか。きのうまでの自分の現実はどこへ行ってしまったのか。こんな平和なオフィスのながめは、永久に見られまいと、ついこの間まで思っていたのに、わずか半年でこうなったとは！　そんなとき、私は待合室の窓から広漠たる焼け跡をながめやって、わずかに慰めを得た。

——「煙草」が七月号に載ったとき、あんまり待ちくたびれて、私は多少感激を失っていた。評判はというと、まるで問題にもされなかった、というのが正直なところであろう。私はまたガッカリして法律の勉強をはじめた。

7

多少時間が前後するかもしれないが、太宰治氏とのつかのまの出会いも、記録しておかねばならぬ出来事にちがいない。

私は戦時中の交友ほど熱烈ではなかったにしろ、戦後も、幾人かの文学的友人を持った。

「『人間』に小説を書いた三島君」

というのが、当時の私の肩書きであった。そういう肩書きで、ボヘミアンの一人になるのも容易なことだったが、臆病な私にはそれもできなかった。少年時代師事していた川路柳虹氏の令息川路明氏は、いま、松尾バレエ団を牛耳っているが、当時は向こう気のつよい、衒気いっぱいな少年詩人であったし、いまの社会党の麻生良方氏は、眉目秀麗な不良少年で、「黒薔薇」という詩集の著者であったし、劇作家の矢代静一氏は、太宰治に対する青年の狂熱を最初に私に伝えた一人であったし、そのほか、豊満な三十女の詩人など、いろいろふしぎな人物がいたが、すべてに戦時中のような夢想の優位が失われていたから、現実的にみじめなものはみじめでしかなく、青春といったところで、そんなに活気横溢した空気もなかった。

太宰治氏は昭和二十一年、すなわち終戦のあくる年の十一月に上京し、さまざまの名短篇を発表したのち、二十二年の夏から「新潮」に「斜陽」を連載しはじめた。

私は以前に、古本屋で「虚構の彷徨」を求め、その三部作や「ダス・ゲマイネ」などを読んでいたが、太宰氏のものを読みはじめるには、私にとって最悪の選択であったかもしれない。それらの自己戯画化は、生来私のもっともきらいなものであったし、作品の裏にちらつく文壇意識や笈《きゆう》を負って上京した少年の田舎くさい野心のごときものは、私にとって最もやりきれないものであった。

もちろん私は氏の稀有の才能は認めるが、最初からこれほど私に生理的反発を感じさせた作家もめずらしいのは、あるいは愛憎の法則によって、氏は私のもっとも隠したがっていた部分を故意に露出する型の作家であったためかもしれない。従って、多くの文学青年が氏の文学の中に、自分の肖像画を発見して喜ぶ同じ地点で、私はあわてて顔をそむけたのかもしれないのである。しかし今にいたるまで、私には、都会育ちの人間の依怙地な偏見があって、「笈を負って上京した少年の田舎くさい野心」を思わせるものに少しでも出会うと、鼻をつままずにはいられないのである。これはその後に現われた幾多の、一見都会派らしきハイカラな新進作家の中にも、私がいちはやくかぎつけて閉口した臭気である。

さて、私の周囲の青年たちの間における太宰治熱はいよいよ高まり「斜陽」の発表当時にいたって、絶頂に達した感があった。そこでますます私は依怙地になって、太宰ぎらいを標榜するようになってしまった。

「斜陽」が発表されたときの、世間一般の、また、文壇の興奮は非常なもので、当時はテレビもなく、娯楽一般も乏しい時代であったから、文学的事件に世間の耳目が集中したのであろう。今日ではこのような世間全部の文学的熱狂というようなものは、とても考えられない。読者も当時に比べると、おそろしくクールになったものである。

私も早速目をとおしたが、第一章でつまずいてしまった。作中の貴族とはもちろん作者の寓意で、リアルな貴族でなくてもよいわけであるが、小説である以上、そこには多少の「まことらしさ」は必要なわけで、言葉づかいといい、生活習慣といい、私の見聞していた戦前の旧華族階級とこれほどちがった描写を見せられては、それだけでイヤ気がさしてしまった。貴族の娘が、台所を「お勝手」などという。「お母さまのお食事のいただき方」などという。これは当然「お母さまの食事の召上り方」でなければならぬ。その母親自身が、何でも敬語さえつければいいと思って、自分にも敬語をつけ、

「かず子や、お母さまがいま何をなさっているか、あててごらん」

などという。それがしかも、庭で立ち小便をしているのである！

――そんなこんなで、私の太宰文学批判があんまりうるさくなってきたので、友人たちは、私を太宰氏に会わせるのに興味を抱いたらしかった。矢代氏やその友人たちは、すでに太宰氏のところへたびたび出入りしていて、私をつれて行くのは造作もなかった。

8

太宰氏を訪ねた季節の記憶も、今は定かではないけれど、「斜陽」の連載がおわったころといえば、秋ではなかったかと思われる。連れて行ってくれた友人はというと、矢代静一氏と、その文学仲間でのちに夭折した原田氏ではなかったかと思うが、それもはっきりしない。

私は多分、絣の着物に袴というような恰好で、ふだん和服など着たことのない私がそんな恰好をしたのは、十分太宰氏を意識してのことであり、大袈裟にいえば、懐ろに匕首をのんで出かけるテロリスト的心境であった。

場所はうなぎ屋のようなところの二階らしく、暗い階段を昇って唐紙をあけると、十二畳ほどの座敷に、暗い電灯の下に大ぜいの人が居並んでいた。

あるいはかなり明るい電灯であったかもしれないのだが、私の記憶の中で、戦後のある時代の「絶望讃美」の空気を思い浮かべると、それはどうしても、多少ささくれ立った畳であり、暗い電灯でなければならないのだ。

　上座には太宰氏と亀井勝一郎氏が並んですわり、青年たちは、そのまわりから部屋の四周に居流れていた。私は友人の紹介で挨拶をし、すぐ太宰氏の前の席へ請ぜられ盃をもらった。場内の空気は、私には、何かきわめて甘い雰囲気、信じあった司祭と信徒のような、氏の一言一言にみんなが感動し、ひそひそとその感動をわかち合い、またすぐ次の啓示を待つという雰囲気のように感じられた。これには私の悪い先入主もあったろうけれど、ひどく甘ったれた空気が漂っていたことも確かだと思う。一口に「甘ったれた」と言っても、現在の若い者の甘ったれ方とはまたちがい、あの時代特有の、いかにもパセティックな一方、自分たちが時代病を代表しているという自負に充ちた、ほの暗く、抒情的な、……つまり、あまりにも「太宰的な」それであった。

　私は来る道々、どうしてもそれだけは口に出して言おうと心に決めていた一言を、いつ言ってしまおうかと隙を窺っていた。それを言わなければ、自分がここへ来た意味もなく、自分の文学上の生き方も、これを限りに見失われるにちがいない。

　しかし恥ずかしいことに、それを私は、かなり不得要領な、ニヤニヤしながらの口調で、言ったように思う。すなわち、私は自分のすぐ目の前にいる実物の太宰氏へこう言った。

「僕は太宰さんの文学はきらいなんです」

その瞬間、氏はふっと私の顔を見つめ、軽く身を引き、虚をつかれたような表情をした。しかしたちまち体を崩すと、半ば亀井氏のほうへ向いて、だれへ言うともなく、「そんなことを言ったって、こうして来てるんだから、やっぱり好きなんだよな。なあ、やっぱり好きなんだ」

――これで、私の太宰氏に関する記憶は急に途切れる。気まずくなって、そのまま匆々に辞去したせいもあるが、太宰氏の顔は、あの戦後の闇の奥から、急に私の目前に近づいて、またたちまち、闇の中へしりぞいてゆく。その打ちひしがれたような顔、そのキリスト気取りの顔、あらゆる意味で「典型的」であったその顔は、ふたたび、二度と私の前にあらわれずに消えてゆく。

私もそのころの太宰氏と同年配になった今、決して私自身の青年の客気を悔いはせぬが、そのとき、氏が初対面の青年から、「あなたの文学はきらいです」と面と向かって言われた心持ちは察しがつく。私自身も何度かそういう目に会うようになったからである。

思いがけない場所で、思いがけない時に、一人の未知の青年が近づいてきて、口は微笑に歪め、顔は緊張のために蒼ざめ自分の誠実さの証明の機会をのがさぬために、突如として「あなたの文学はきらいです。大きらいです」と言うのに会うことがある。

こういう文学上の刺客に会うのは文学者の宿命のようなものだ。もちろん私はこんな青年を愛さない。こんな青臭さの全部をゆるさない。私は大人っぽく笑ってすりぬけるか、きこえないふりをするだろう。
ただ、私と太宰氏のちがいは、ひいては二人の文学のちがいは、私は金輪際、「こうして来てるんだから、好きなんだ」などとは言わないだろうことである。

9

このごろの新人に比べて、私の新人時代がつくづく倖せであったと思うのは（これは私が花々しいデビューをしなかったせいでもあるが）、きわめてスローモーに仕事を進めてゆけたことである。今のように芥川賞をとってたちまちモミクチャにされるということもなく、二、三の週刊誌も文壇の埒外にあり、中間小説もまた盛んでなく、推理小説とテレビはまだ影も形もなく、……これら全部の代わりに隆替のはげしい文芸雑誌が沢山あって、いわゆる「純文学」の短篇の勉強を、注文に応じてゆっくりやっていける状態にあった。雑誌の編集も今に比べればのんびりしており、今、中間小説専門誌になりおおせている某誌なども、当時はゆうゆうと文学的な仕事のできる場所であった。新人がデビューしてから、商業的に使われるようになるまでの時間の長さも大したもので、一例が、私のデビューは昭和二十一年であるのに、はじめて婦人雑誌の連載小説を書いたのは、昭和二十五年である。

——さて、当時、私はたった一度、共産党への入党を誘われたことがある。これは言い出したご当人の小田切秀雄氏も、きっととっくに忘れておられるにちがいないことであり、また、氏自身も軽い気持ちで言われたことかもしれないが、私には妙に鮮明な記憶になって残っている。

それは何かの座談会で小田切氏とはじめて会い、会がひけて、帰る方角が同じであったので、一緒に地下鉄の銀座駅へ下り、電車を待っていた間のことであった。

地下鉄の駅はまだ薄汚く薄暗かった。どんな話のついでであったかしれないが、氏が実にさりげなく、やさしい調子で、

「君も党へ入りませんか」

と言ったのである。氏はああいう調子の人だし、この言葉には、牧師が入信をすすめるような誠実さがこもっていた。

私はこんな口調で入党をすすめられたことに、一瞬びっくりして、口もきけなかっ

たように記憶している。そんな私の驚愕に押しかぶさって、入ってきた電車が轟音をひびかせ、その電車がまた大へんな混雑で、人ごみに押されて別々になってしまった氏と私の間に、話はそれなりで途切れてしまった。

いまでは私のところへ共産党への入党を誘いに来る人はまずあるまいが、冗談ならともかく、一度は私も、ああいう篤実な誘いの言葉をかけられたということが、いまでもふしぎな記憶として残っている。それは当時の時代の背景の前に置いてみれば、何でもない小さな挿話にすぎぬが、もしあのとき私がイエスと言っていたらどうなったろう。

これを思うと、人間の政治的な立場が形づくられるには、確固たる思想や深刻な人生経験ばかりでなく、ふとした偶然や行きがかりが、かなり作用しているようにも感じられる。私の現在の政治的立場なども、思えばいい加減なものであるが、それは自分で選んだ立場というよりも、いろんな偶然が働いて、何かの力で自然にこうなってきたのかもしれない。だから一方、どうせ政治なんてその程度のものだ、という考えも私から抜けないのである。

太宰氏と一緒に思い出されるのは、氏の忠僕ともいうべき田中英光氏のことであるが、私には氏の姿は、すでに茅場町へ移った鎌倉文庫の新社屋の前の、強風の吹きまくる都電の停留所とともに記憶に残っている。これもまた停留所なのだ。

すでにそのころ氏のヒロポン中毒ぶりと酒乱ぶりは喧伝されており、その上六尺あまりの大男であるから、私は一度ぐらいは会ったこともあるが、警戒して遠くから会釈をした。氏も会釈を返したが、かなり暑い日で氏は上着を脱いで持ち、白いワイシャツに風をはらましていた。私が距離を保っていたので、お互いに口はきかなかったが、私はこんな人物が文学と政治に熱中して、感傷と頽廃に身を持ち崩すのは、何か人生の役割りをとりちがえている気がしてならなかった。おとなしくボートを漕いでれば、何事もなかったはずじゃないか。たとえ小説家になったとしても、むしろ氏のほうが強い性格で、太宰氏を引きずってむりやりボートでも漕がせていたら、どうなったろうか。どうして神様は六尺の壮漢に、こんな弱い心を与えたのだろうか……。

こんなことを考えているうちに、村の火の見櫓のように孤独で、足もとのふらふらしている田中氏は、やがて来た電車に乗って立ち去ったが、それが私の見た氏の最後の姿だった。

10

創刊号にして終刊号たりし冊子「序曲」が出たのが、昭和二十三年十二月であったが、いわゆる戦後派文士を打って一丸としたこの雑誌が出る前に、戦後派同士はだんだん知り合うようになっていた。この「序曲」の全同人出席の座談会は、何を言っているのやら少しもわからず、活字そのものにありありと杯盤狼藉がしのばれるような珍座談会であったが、すでにそんなふうになる素地は、前から培われていたのである。

一体私自身が「戦後派」であるのかないのか、そんなことは私の知ったことじゃないが、当時の空気は、かりにも「戦後派」的レッテルがはられていなくては、時代おくれの旧文学と目されるほかなく、その中間形態、あるいは独自の存在などというものは、少なくとも新進作家の間ではみとめられていなかった。私はその嵐のなかで、旧文学にもあきたらず、新文学も食い足りぬ、という心境が本心だったが、考えてみると、それから今日まで十五年間、私はたえず、

「旧文学にもあきたらず、新文学にも食い足りぬ」

という念仏を内心唱えつづけてきたようなものだ。だから私にはついぞ「我世の春」というような心境は来なかったのである。

今になって考えると、当時は創作にみのりの多い時代というよりも、わが近代文学史上未曽有の「批評時代」で、まだ批評的頭脳ができあがらないヒヨコの私が、感覚で物を言い、感覚で判断していたのでは、すべてがチンプンカンプンだったのは当然である。そしていわゆる戦後文学時代は、各派相互の対立は兆していたとはいえ、何らかの意味で「我世の春」を信じた人たちの時代であった。

そういう各派の中では、はじめ私が比較的親近感を持ったのはマチネ・ポエティックの流派であった。戦争中に大事に守ってきた美的教養が、敗戦でオジャンになり、新円切り替えで財産を凍結されたような気分になっていた私は、今時通用するとも思われなかったそういう「季節はずれ」の美的および詩的教養を堂々とふりかざして、おどり出てきたこの人たちに、拍手を吝《お》しまない気持ちであった。まるで私の旧円の紙幣まで、おかげで値が出てきたような気がしたものだ。

しかし見ているうちに、この人たちの動きはなかなか政治的になり、みんな堀辰雄氏の弟子ときいていた私は内心おやおやと思った。もっとも堀氏自身にも、病気のおかげで孤高の詩人として終始したとはいえ、こうした要素が潜在していたと思われるふしもある。大体こういう俗気が皆無であったら、小説なんか書けるわけもないのであるが、マチネ・ポエティックの人たちの詩的な衣装と、文壇的な動きとの間に、ある不調和が感じられたことは否めない。加藤周一氏と中村真一郎氏にはじめて会ったのは、たしか「光」という雑誌の座談会で、読者代表みたいな女性も何人かいて、大して文学的な座談会ではなかった。私は加藤氏の検事のごとき眼玉に怖れをなし、この人が何か一言言うたびに、教員室で悪戯小僧がしかられているような気がした。それに比べれば、中村氏はずっとおだやかで、親しみやすい感じがした。

談たまたま心中の問題に触れ、それは明らかに太宰治氏の心中事件以前であったが、私は、

「若い人同士の心中なら、美しくて、いいじゃありませんか」

などと暴言を吐き、戦時中の浪曼派のお里を丸出しにしてしまった。

「それは困るんだな。そういう考え方は困るんだな」

と中村氏は本当に困ったような顔をして言い、いろいろと論駁したが、それが通り一ぺんの概論風なヒューマニズムのお説教のようにきこえて、私は、

「この人たちは危険な美はみとめないんだな」と決めてしまった。「それでどうして能楽や新古今集がわかるだろう」

私は現在の中村氏を批評して「危険な美をみとめない」作家だと言おうとしているのではない。あくまで当時の私の感想を、できるだけありのままに喚起しようとしているだけである。そして当時の私は、何でも直感的に、断定的に、手続きなしに物事を主張するという、始末に負えない非論理的な習性を固持していた。

11

マチネ・ポエティックの仕事では、私は特に福永武彦氏や窪田啓作氏の仕事に好意を持ったが、「方舟」という雑誌のあからさまなフランス臭には反感をおぼえた。そういうフランス臭も堀辰雄氏の作品のように自家薬籠中のものになっていればよいが、マチネ・ポエティックは尖鋭な批評活動の槍の先に三色旗がひるがえっているので、一そう臭味が強まったように思われる。たとえば、フランスの小説家の政治的関心の強さなどを彼らがいかに賛美しようとも、フランスはフランス、日本は日本じゃないか、という考えは私に牢固としてあった。

それでも当時を回想するのに、私はもう少しこの人たちと熟した会話ができるまで、自分が成長していればよかったのに、と思うことがある。私は折角法学士になりながら、自分の論理的欠陥を承知しており、言説のみならず、小説の制作の上でも、もっと、もっと、もっと、論理的にならなければいけないと自分を叱咤していた。そういう点では、私はあるいは無意識のうちに、これらいけすかないキザな兄貴分から、それなりの影響を受けていたのかもしれない。

――さるほどに鎌倉文庫で巌谷大四氏が「文芸往来」といういかにも文壇的な賑やかな雑誌を編集しはじめ、その中で、いかにも旧文壇的な新進作家の扱いを受けはじめるにつけ、私の身辺はだんだんに賑やかになった。「へえ、文壇とはこんなものだったのか」と面白可笑しく感じることも多くなった。文士の集まる酒場へも、たびたび誘われて行くようになったが、私は酒の席の口汚い論争はきらいであった。

そのころの酒場はあんまりおぼえていないがただ一つ特色があったのは、神田の喫茶兼酒場の「ランボオ」であった。

戦後文学とこの店とは切っても切れない因縁があり、デコボコの煉瓦の床のところどころに植え木鉢があり、昼なお暗い店内に、評判の美少女がいた。そのころジャン・コクトーが台本を書いた「悲恋」という映画が封切られ、マドレエヌ・ソロオニュという神秘的なその主演女優の感じが、金髪と黒髪の差こそあれ、この美少女によく似ていた。

戦後文学の作家たちの印象は、あんまりこの店と結びついて感じられるので、他所で起こった事柄も、今になると、みんなここで起こったような気がしてくるからふしぎだ。

たとえば酩酊した椎名麟三氏が「いやア、もう、僕は満身創痍ですよ。革命が起こったら僕なんか真っ先に縛り首ですよ」などと言っていたのはたしかに渋谷の酒場だったが、それも今では「ランボオ」で語られた言葉と思ったほうがふさわしい感じがする。

あるいは野間宏氏が、例のゆったりもっさりした口調で、

「いつ革命が起こるか、じゃありません。もう革命はとっくにはじまっているんです。われわれはもう、革命の進行過程にいるんですよ」

などとおごそかに言っていたのは、たしかに別の場所だが、それも「ランボオ」の暗い一隅の椅子で言われたほうが、ふさわしい気がするのである。

埴谷雄高氏も、今は別の酒場で呑んでいるだろうが、やはりあのころの「ランボオ」に置いたほうが、もっとも氏らしく見えることは疑いがない。いわんや戦後宗の大和尚、かの武田泰淳氏においてをや。

そしてこれらの人たちがみんな「序曲」の同人であり、「序曲」は天をも衝く勢いで発刊されたが、それが前述したようにたった一号で消滅したのは、戦後文学の衰退というよりは、同人諸氏がもう一人前の文士になりすぎていて、他の雑誌へ書く機会がありすぎたためだったと思われる。つまり私が、へんてこりんな時代おくれの唯美派と目されていたころから、何年かたって、やっと戦後派陣営の一員に迎えられるや否や、その拠点が空中分解してしまったわけだ。もし「序曲」が今日も当初の精神を保ってつづけられていたら（それはもとより不可能な夢にすぎないが）、戦後の文学の状況は、今日見るのとはいくらかちがっていたかもしれない。

当時は何だか居心地のわるい気持ちがしていたが、今となっては私は、あの爆発的な、難解晦渋な文学の隆盛時代をなつかしむ。今日のようなおそるべき俗化の時代は、まだそのころは、少しも予感されていなかった。

12

さて、当時のメモをしらべてみると、「序曲」の座談会は、昭和二十三年（一九四八年）の十月六日のことであり、その晩街には、昭電疑獄による芦田内閣総辞職の号外の鈴が鳴りひびいていた。考えてみると、テレビができてからというもの、われわれは号外の鈴の音におどろく習慣を失っており、町で時たまきく鈴音も、インチキ新聞の号外に決まっている、ということになった。

私は自分の最初の「小説」である「仮面の告白」を書いた当時の文学的心境を辿ってみるために、読者にはうるさく感じられるだろうが、すこし念入りに自分の身辺を洗ってみたい気がする。なぜならこの「小説」と、それから数年後の最初の世界旅行とで、私の遍歴時代はほぼ終わったと考えられるからである。もちろん吉右衛門流に、

「ハイ、役者は一生修業でございます」

と謙遜してみせるなら、三十八歳の今も、遍歴時代にはちがいなかろうが。

私が大蔵省をやめる決心をしたのは一九四八年の夏であり、九月二日に辞表を出し、九月二十二日に、

「依願免本官」

という辞令をうけとった。

しかし一方、文士生活は今と似たような形をとりはじめており、辞令をうけとって皆に挨拶をすませた足で講演と座談会に行き、その晩は今と同様、徹夜で小説を書く

というような一日であった。それでも、役所をやめてしまって、生活は大丈夫かしらという不安はあったが、私はごく合理的に考えて、

「少なくとも今は大丈夫である」

「五年、六年先はわからない」

「しかし、五年、六年先を大丈夫にするためには、今、ちゃんとした基本的な仕事に全力を傾注しておかねばならぬ」

というような筋道で自分を安心させていた。そのためには、運動をして体を丈夫にしておかねばならぬと思って、十月に入ると、昔の主馬寮《しゅめりょう》のパレス乗馬クラブに入会したが、河出書房から書き下ろし小説の依頼を受けたのは、あたかもそのころであった。この依頼は私にとって、まことに時宜を得た、渡りに舟の申し入れであった。

こう書くと、いかにも私が合理的建設的であったかのようだが、一方、私は、いよいよ職業的な文士になったという緊張と共に、精神と肉体の衰滅の危機のようなものを感じていたのである。

そのころ私の文学青年の友人たちには、一斉に死と病気が襲いかかっていた。自殺者、発狂者は数人に及び、病死者も相次ぎ、急速な貧困に落ちて行ったのも、二、三にとどまらず、私の短い文学的青春は、おそろしいほどのスピードで色褪せつつあっ

た。またそれは、戦争裁判の判決がはじまりつつある時代であった。政界汚職も相次ぎ、検察庁へ見学に行くと、芦田氏の女婿がつかまって来るのを見たりした。占領軍の腐敗も耳にすることが多く、進駐軍の某高官のオフィスへ行くと、一番上の抽斗をあけてニヤリとされれば十万単位、二番目の抽斗をあけてニヤリとされれば万単位、三番目なら百万単位の、賄賂を要求されるなどという話が流布していた。社会的にも、当時は、異様な末世であった。かつての大財閥の一人が、あしたお客があるというときは、いそいで借金に行って、かえりに自ら肉を買ってくる、といったような時代だった。そんな状態の中で私は、

「もう一度原子爆弾が落っこったってどうしたって、そんなことはかまったことじゃない。僕にとって重要なのは、そのおかげで地球の形が少しでも美しくなるかどうかということだ」

などというエピグラムを、ひそかに書きつけたりしていたが、いずれにしろ私は、早晩こんなやけのやんぱちの、ニヒリスティックな耽美主義の根拠を、自分の手で徹底的に分析する必要に迫られていた。

せっせと短篇小説を書き散らしながら、私は本当のところ、生きていても仕様がない気がしていた。ひどい無力感が私をとらえていた。深い憂鬱と、すばらしい昂揚感

とが、不安定に交代し、一日のうちに世界で一等幸福な人間になったり、一等不幸な人間になったりした。私は自分の若さには一体意味があるのか、いや、一体自分は本当に若いのか、というような疑問にさいなまれた。

13

青春の特権といえば、一言をもってすれば、無知の特権であろう。人間には、知らないことだけが役に立つので、知ってしまったことは無益にすぎぬ、というのは、ゲエテの言葉である。どんな人間にもおのおののドラマがあり、人に言えぬ秘密があり、それぞれの特殊事情がある、と大人は考えるが、青年は自分の特殊事情を世界における唯一例のように考える。

ふつう、こういう考えは詩を書くのにはふさわしいが、小説を書くのには適しない。「仮面の告白」は、それを強引に、小説という形でやろうとしたのである。

だからあの小説では、感覚的真実と一知半解とが、いたるところで結びついている。人間性について、人々がつつましく口をつぐんで言わずにいたことを、あばき立てた勇気とともに、そういうものすべてに論理的決着をつけようとした焦躁とがまざり合っている。しかし結局、今になってつくづくわかるのは、あの小説こそ、私が正に、時代の力、時代のおかげでもって書きえた唯一の小説だということである。

従って、この小説を書いたときの私の意気込みたるや大変で、最長九枚、最短一枚の、十八種類にわたる序文を書き、とどのつまりは、とうとう序文はつけないことにしてしまった。

その前の最初の長篇小説の試作「盗賊」でもそうであったが、こんな風に、意気込みが大きすぎたために、私はスタミナの配分をあやまってしまった。先代幸四郎が七十余歳で「勧進帳」を演じたとき、出の花道でちょっとすわってスタミナをたくわえ、そのためにおわりの延年の舞いから飛び六法の引っ込みまで、何ら力の衰えを見せなかったのに、その若い子息たちが、元気いっぱいの年ごろで弁慶を演じたときは、かえって後半に息切れを感じさせたのは、全くこうした力の配分の技術の差によるのである。この「勧進帳」の挿話は、長篇小説を書くときにいつも私が思い出す挿話である。

「仮面の告白」の前半の密度と後半の荒っぽさの、だれにもわかるはっきりした対照について、神西清氏はまことに好意ある解釈をして下さったが、私にわかっていることは、それは単純な技術的失敗であって、後半の粗さは息もたえだえに疲れてきて、しかも締め切りを気にしすぎたことから起こったということである。

いよいよ、何とかこれを書き上げて、寝不足の目をしょぼつかせて、河出書房の坂本一亀氏に、三百四十枚の原稿を手渡したのは、昭和二十四年の四月二十四日、場所は、御多分にもれず、神田の「ランボオ」であった。

これを書いたことは、大いに私の気分を軽くし、また、妙に自信をつけた。

あくる月、喜多実の「隅田川」を見て感動した私は、

「笛を久々にきき、古代の悲調、肺腑をつらぬく。あの静かな絶望の無限のたゆたひ。アプレゲールの絶望など、タカが知れてゐる」

とひそかに書きつけた。

「仮面の告白」のような、内心の怪物を何とか征服したような小説を書いたあとで、二十四歳の私の心には、二つの相反する志向がはっきりと生まれた。一つは、何としてでも、生きなければならぬ、という思いであり、もう一つは、明確な、理知的な、明るい古典主義への傾斜であった。

私はやっと詩の実体がわかってきたような気がしていた。少年時代にあれほど私をうきうきさせ、そのあとではあれほど私を苦しめてきた詩は、実はニセモノの詩で、

抒情の悪酔だったこともわかってきた。私はかくて、認識こそ詩の実体だと考えるにいたった。

それとともに、何となく自分が甘えてきた感覚的才能にも愛想をつかし、感覚からは絶対的に訣別しようと決心した。

そうだ、そのためには、もっともっと鷗外を読もう。鷗外のあの規矩の正しい文体で、冷たい理知で、抑えて抑えて抑えぬいた情熱で、自分をきたえてみよう。

「小説家が苦悩の代表者のような顔をするのは変だ」とも私は考えた。

「小説家というものは、しじゅう上機嫌なものだ。スタンダールを読んでも、バルザックを読んでも、どんな悲しみの頁の背後にすら、作者の上機嫌な面持ちがうかんでくる。

僕も小説家である以上、いつも上機嫌な男にならなくてはならぬ。」

14

こうして私はいよいよ、少年時代からそうなりたいと思っていたところの小説家というもの、職業的文士というものになった。

世間が新人を遇するその遇し方も、今のようなきちがいじみたものでなかったせいもあるが、小説家になったことで、私は一向晴れがましい思いを味わったわけではない。極端なことを言えば、たしかにどこか悪い悪いと思っていた男が、ちゃんとした一人前の病名を告げられて、病院の一室のベッドを与えられたときの落ち着きと居心地のよさが、一等そのときの心境に似ているだろう。ついに私も、息苦しい一般社会の圧力をのがれて、アウトサイダーばかりの部落におちつき、ほっと一息ついたのである。

このころから私はもう一つのあこがれであった芝居の仕事を始めることになった。それが昭和二十三年（一九四八年）の秋に書いた最初の一幕物「火宅」である。

芝居には知的な興味からはいって行く人と、体ごとはいってゆく人と、二種類あると思うが、私はどちらかといえば後者に属する。子供のころから、祖母が芝居好きでしょっちゅう芝居の話をしており、歌舞伎座のガラガラのおみやげをもらい、世の中にそんなすばらしいものがあるのかとあこがれていたものの、子どもの教育には悪いというので、小学校を出るまでは歌舞伎座へ連れて行ってもらえなかった。そこで一そう芝居というものへのあこがれがつのっていたが、そのくせもっと教育に悪いはずの映画は、自由に見せてもらっていたのだから妙である。私はシャリアピン主演の「ドン・キホーテ」も、例の「舞踏会の手帖」も、くさぐさのウーファのオペレッタ映画も、みんな帝劇の封切りで見たのである。

はじめて歌舞伎を見たのが、中学一年生のとき、歌舞伎座の比較的無人の「忠臣蔵」で、羽左衛門、菊五郎、宗十郎、三津五郎、仁左衛門、友右衛門の一座であったが、大序の幕があいたときから、私は完全に歌舞伎のとりこになった。それから今まで、ほとんど毎月欠かさず歌舞伎芝居を見ているわけであるが、何と言ってもおう盛な研究心と熱情を以て見たのは、中学から高校の時分であり、当時メモした竹本劇のいろんな型や要所要所やききゼリフは、今でもよく憶えているほどだ。

一方、母方の祖母が観世流の謡を習っており、このほうも競争でお能拝見に連れて行ってくれ、最初に見たのが比較的地味な「三輪」であったのに、これにも私は魅せられてしまった。

多分偶然の選択ながら、生まれてはじめて見た歌舞伎の舞台が、あの荘重な「大序」であり、生まれてはじめて見た能楽が、天の岩戸の神遊びであったということは、私が日本の芸能の神の殊遇を受けていた証拠とも言えそうである。

さて、私には新劇的教養は全く欠如しており、外国の台本は手あたり次第に読んだが、翻訳劇を見る気は起こらず、季節はずれの郡虎彦の戯曲などに夢中になっていた。しかし、いつか舞台の仕事をしたいという念願は私の心を去らず、これも雑誌「人間」から機会を与えられて、最初の一幕物を書くことになったのである。

書きはじめてみると、私のおどろいたことは、原稿用紙の途方もない広さであった。それは放課後の運動場のように、ガランとして、しらじらしく見え、そこを、文字で以てどう埋めてよいかわからなかった。

戯曲を書こうとしてはじめて私には小説の有難味がわかったのであるが、描写や叙述がいかに小説を書き易くしているか、会話だけですべてを浮き上がらせ表現することがいかに難事であるか、私は四百字一枚をセリフで埋めるのすら、おそろしくてできなかった。

第一、小説の会話はどちらかといえば不要な部分であり（もちろんドストエフスキーのような例外もあるが）、不要でなくても、写実的技巧を見せるためだけのものであることが多いのに、戯曲ではセリフがすべてであり、すでに私が能や歌舞伎から学んだように、そのセリフは様式を持っていなければならぬ。

三十数枚の小戯曲を、七転八倒の苦しみで書き、一方、ト書だけは郡虎彦ばりに、文語体の美文でデコデコと飾り立て「人間」に発表すると、思いがけなく俳優座から上演の申し込みがあった。当時毎日ホールでやっていた創作劇研究会で上演したいということで、私は有頂天になった。

15

一九四九年二月の「火宅」初演の時の昂奮は、まだありありとおぼえている。もちろん小さな研究会のことであるから、装置もお粗末で、幕切れの紅蓮の焔などは、まるきり私のイメージに遠かったが、この研究会が上演した戯曲の中には、正宗白鳥氏の「天使捕獲」などのような、面白い小戯曲がいくつかあった。それに、私のような新人の芝居でも、演出は青山杉作氏が引き受け、千田是也氏と村瀬幸子さんが夫婦の役を演ずるという、豪華な顔ぶれであった。

小説は書いたところで完結して、それきり自分の手を離れてしまうが、芝居は書き了えたところからはじまるのであるから、あとのたのしみが大きく、しかもそのたのしみにはもはや労苦も責任も伴わない。こんなに面白いことがあってよいものだろうか、というのが当時の私の正直な感想であった。

しかし、考えてみれば、これはずいぶん不真面目な話で、芝居に全生活を賭けていたら、こんな心境になれようはずがない。自作を他人の手へ委ねたあとの不安は限りがなく、初日の絶望と怒りは手に負えないものにもなりがちだ。事実私はそういう怒りっぽい劇作家たちを知っている。それから見ると、私はいつまでたっても、無責任なのか、素人なのか、楽天家なのか、好い加減なのか、そのへんはよくわからないが、概して初日に幸福を味わってきた。私が初日の作者の、遣り場のない怒りと不満を知ったのは、ずっとおそく、商業演劇のために芝居を書くようになってからである。

そして今では、私は、劇作家になったことを半分後悔している。というのは、純粋な観客として芝居を見るという、人生の重要なたのしみを、私はほとんど失ってしまったからである。

一方、芝居を二つ三つ書けば、文壇ではほとんど得られない権力欲の満足を、かなりお手軽に叶えさせてくれるが、これも考えてみればつまらない話で、一国の政治や経済を動かす権力なら持ち甲斐もあろうけれど、こんな小権力は持っても仕方がない。それなら権力も対人関係も一切捨離して、書斎で個人芸術に専念したらよいのである。

ただ芝居の仕事の悲劇は、この世でもっとも清純なけがれのない心が、一度芝居の理想へ向けられると、必ずひどいめに会うのがオチだということである。その一例として、今もときどき私が思い出すのは、加藤道夫氏のことである。

次のエピソードは、実は本稿の終結点にしようと思っている一九五一年から五二年へかけての最初の世界旅行よりも、もっとあとの話なのであるが、私がその最初の外国旅行からかえって数ヵ月後、すなわち一九五二年の十月に、加藤道夫氏の「襤褸と宝石」が、俳優座によって三越劇場で上演された。

私は正直、加藤氏を大劇作家とも大劇詩人とも思っていないが、誇張なしに言って、戦後今までに接した多くの芸術家のなかで、氏ほど純にして純なる、珠のごとき人柄は見たことがない。それがまた、氏をして、大劇作家たらしめなかった主な理由であったかもしれない。

それはさておき、氏があれほど上演を待ちわびた代表作「なよたけ」さえ、文学座によって完全上演されたのは氏の死後であり、生前の氏は、いつも不安と不満におびやかされながら、ジロオドオへの至純なあこがれと宝石のような演劇の夢を、心に抱きつづけた青年であった。

「襤褸と宝石」の初日には、芝居に関心を持つ若手文士が総見のようなぐあいに集まったが、エンタテイメントとわざわざ銘打ったこの芝居が、一向たのしくもおかしくもないのには閉口した。

そこにはっきり呈示されているのは、一人の清純な青年の傷ついた心で、これならばだれの目にも見えた。しかし作者が意図した笑いやたのしみはどうしても見えて来ず、むしろこの作品にエンタテイメントと銘打とうとした作者の心の、言うに言われぬいたましさだけが感じられるのであった。

一人の傷ついた青年があらわれて、どうかみなさん笑って下さい、と言ったところで笑うに笑えぬとはこのことである。

あとあとまでも忘れがたい小事件は、この初日の幕の下りたあとで起こった。

16

「襤褸と宝石」の初日は、作者の親しい友が多かっただけに、却って幕間におけるみんなの態度はよそよそしく、作者の昂奮と不安とがありありとわかるだけに、却ってしらずしらず周囲が冷たくなった。

当時は今とちがって、一つ一つの芝居の初日が念入りに祝われていたから、初日がハネると、友人知己相集って、作者を中心にして飲みに行くことが多かった。

どこへ行こうかということになって、だれかが音頭をとって、有楽町の寿司屋横丁へ行ったが、同行者の人数がだんだんふえ、向こうへついたときは、とても一軒の寿司屋には納まり切らない数になった。そこで二手に分かれて、お向かい同士の寿司屋の二階座敷に陣取ることになり、私は作者と共に、一軒の二階へ上がった。

大道を隔てた向こうの二階にも十人ほどいて、しばらく両方とも窓をあけはなし、大声で弥次り合ったりして、それがあたかも芝居の舞台装置のような感じがあり、芝居の昂奮のつづきでふざけ合っていたが、あとで考えると、こんなふざけ合いも、まじめな演劇論に陥ることを避けたい空気がみんなにあったからだと思われる。

小路一つ隔てただけとはいえ、向こうのふつうの会話はきこえない。叫べば届くという程度だ。

ビールが注がれ、一同が加藤道夫氏のために祝杯をあげたのまではよかったが、そのとき、お向かいの二階の窓障子が、スルスルと閉められてしまった。

これが実にスムースに左右から、芝居のように閉まったので、私はオヤオヤと思ったことを覚えている。その障子の白さがへんにキッパリとして見えた。まだ十月だから、そんなに寒かったはずはない。みんなは期せずして、加藤氏の顔を見た。加藤氏の顔色は変わっていた。

だれかが、

「畜生、悪口を言おうと思って、障子を閉めやがったな」

などと、わざとその場の空気を解きほぐそうと思って言ったのが、ますますいけなかった。お向かいの障子のかげには、加藤氏のもっとも信頼する友人たちもいたのである。

私はこんなことになるまでは、加藤氏に今夜の初日の率直な意見も言おうと思っていたのであるが、この瞬間から、言えなくなってしまった。不幸な初日の作者の心があまりにもありありとわかったからである。そこまで氏自身がわかっているものなら、だれがそれ以上、氏の傷口に手をつっこむような真似をする必要があるだろうか。

どんな芝居にだって、多少の取り柄はあるもので、私は、

「岸輝子さんの乞食婆さんの、半間を外したセリフが面白かったね」

などと、長所を拾い集めて、作者をはげまそうとしたのを覚えている。そのあと、渋谷の酒場まで付き合い、そのときは障子向こうの御連中も合流していたが、加藤氏はこの晩最後まで、一生けんめい自分を抑えようと努力しながらも怏々としてたのしまない表情を隠すことができなかった。

——加藤氏が自殺したのは、このいたましい初日から一年後の十二月だったが、こ

のときの傷がその一年間についに癒えず、自殺の遠因の一つをなしたとも考えられる。このことがあって以来、ますます私は、芝居に心中だてするものじゃない、と固く心に決するところがあった。

私などは加藤氏に比べれば、ずっとスレッカラシの不純な人間だが、不純な人間は不純なりに傷つくもので、そのためには心に鎧を着なくてはならぬ。

芝居の世界は実に魅力があるけれど、一方、おそろしい毒薬を持っている。自分だけは犯されまいと思っても、いつのまにかこの毒に犯されている。この世界で絶対の誠実などというものを信じたら、えらい目に会うのである。あるアメリカ人が、ニューヨークで、芝居を見るのは実に好きだが、劇壇の人たちはcorrupt people（コラプト・ピープル＝腐敗した人たち）だからきらいだ、と言っていたのも、一面の真実を伝えている。

しかし、煙草のニコチンと同じで、毒があるからこそ、魅力もある。これぱかりは、どう仕様もない。「御清潔で御信頼できる」などという褒め言葉は、芝居の場合、最大の悪口かもしれないのである。

17

一九五〇年（昭和二十五年）、二十五歳の私は、あいかわらず、幸福感の山頂と憂鬱の深い谷間との間を、せっせと往復していた。これから一九五一年の暮れに外国旅行へ出発するまで、私の生活感情は、一等はげしいデコボコを持っていたように思われる。そしていつも孤独におびやかされていた私は世間の平凡な青春を嫉み、自分のことを「へんな、ニヤニヤした二十五歳の老人だ」と思っていた。しょっちゅう胃痛に苦しめられた。私は捕鯨船に乗り組んで南氷洋へ行こうと思い、新聞社の人にもそのことをたのんだが、実現の可能性は薄かった。

そのころから、作品と実生活にエネルギーをきっちり両分し、その中間地帯——日本のいわゆる付き合いというもの——に心を煩わされないようにしなければならぬ、という考えが生まれたが、この考えを私がはっきり実行に移すことができたのは、後年、運動が私の生活の一部になってからのことである。ここに面白い逆説がひそむので、人間には中間地帯というものがどうしても必要なのだ。そしてそこから、生活と作品の双方の養分をくみ取って生きてゆくのだ。あとでわかったことだが、この中間地帯として理想的なものは、実に「無目的に体を動かすこと」、すなわち運動なのである。

一九五〇年の初秋のころのことであったと思うが、私はある大きな書店へ本を買いにゆき、本屋の前の喫茶店のテラスでアイスクリームを食べていた。

本屋の入口に掲示板があり、そこに人が群がっているので、何かニュースの速報かと思ってよく見ると、中尊寺のミイラの写真であった。

すると、本屋へ出たりはいったり、その写真の前に立ち止まったりしている人たちの顔が、急にみんなミイラに見えてきた。私はこの醜悪さに腹を立てた。知識人の顔というのは何と醜いのだろう！ 知的な人間というのは、何と見た目に醜悪だろう！

私のギリシャへのあこがれは、元々からにはちがいないが、多分こんな瞬間の、たまらない嫌悪から発している。これはもちろん自己嫌悪の一種であって、私の中には、不調和や誇張への嫌悪と調和へのやみがたい欲求が生まれていたが、それはもちろん、自分の中の危機から生まれたものであった。

あとで考えると、私は多分誤解していた。私の知的なものへの嫌悪は、実は、私の中の化物のような巨大な感受性への嫌悪だったのである。そうでなければ、私が徐々に古典主義者になって行った経路がつかめない。

このころの私を慰めたのは旅行であって、たびたび大島へ行ったり、取材のため北海道へ行ったりした。私は風景に官能的な魅惑を感じた。今でも私の小説の中の風景描写は、他の作家の小説の中のラブ・シーンと、同等の重みを持っていると言ってよい。

一九五〇年、五一年の私の仕事ぶりを見ると、たとえば、狂的に熱中して「愛の渇き」を完成しているかと思えば、「魔神礼拝」などという、わるくデモーニッシュぶった失敗作を書いたり、取材も構成もおろそかにしていきなり光クラブ社長の小説化に飛びつき、およそ文体の乱れた「青の時代」などを書いている。五一年には、いたずらにゴテゴテした「禁色」を書き、その間、へんてこりんな短篇をいくつか書いている。

人から見たら、豊富な制作の如く見えたかもしれないが、実は、着実なペースをはずれて、足並みが乱れている。こういう仕事ぶりを私は好かぬ。大体私は「興いたればたちまち成る」というようなタイプの作家ではないのである。いつもさわぎが大きいから派手に見えるかもしれないが、私は大体、銀行家タイプの小説家である。このごろの銀行が、派手なショウ・ウィンドウをくっつけたりしている姿を、想像してもらったらよかろう。

銀行家といえば、

「小説家は銀行家のような風体をしていなくてはならぬ」

と教えたトーマス・マンの文学が、このころから、私の理想の文学になりつつあった。あのドイツ的なやにっこさも、不必要な丹念さも、私の資質から遠いものであるが、当時一等私をとらえたものは、マンの文学のドラマチックな二元性、ドイツ文学特有の悲劇性、それから最高の芸術的資質と俗物性とのみごとな調和であったと思われる。

18

当時朝日新聞の出版局長をしていた嘉治隆一氏が、父の旧友である縁故から、私を何やかやと引き立てて、面倒を見て下さり、

「ひとつ、ここらで外国を見て来ないか」

と言われた。

これは時にとって願ってもない話で、この二、三年前にも、私は外国行きを企てて失敗したことがあった。

青年芸術家会議というのがアメリカでひらかれるので、人にすすめられて、面接試験を受けたが、NHKビルの一部にあった米軍の文化教育関係のオフィスで、米人に会って、いろいろ質問を受け、会話の能力を試され、それに受かると参加できるのである。

私は英会話の能力などはゼロで、試験官に何をきかれてもわからず、

「お前の小説はいかなる流派（スクール）に属するか？」

などときかれて、スクールの意味を「学校」ととりちがえ、

「いや、大学は法科を出た」

などと返事をしたのだから、これで受かったらふしぎである。

まだ占領中の日本では、外遊は今から想像できないほどむずかしかった。よほどの伝手がなければ日本を離れることは不可能で、文壇のだれかが必ず外国へ行っている今日のごとき状態は、正に隔世の感がある。

前回に述べたような一種の危機にあった私にとっては、外国旅行は痛切な必要と感じられた。ともかく日本を離れて、自分を打開し、新しい自分を発見して来たいとい

う気持ちが募っていた。

嘉治氏は冷静きわまる、しかし実に親切な小父さんで、のちに「鹿鳴館」の執筆の折りも、一方ならぬお世話になったが、いつも私に訓戒をたれて言うには、

「小説家が長もちする秘訣は、一にも勉強、二にも勉強だ。広く見、深く究めることが大切で、毎日少しずつでもいいから、習慣的に古典か原書を読みつづけるようになさい。」

なかなか古典や原書というわけには行かないが、小説家稼業がどんなに忙しくなっても、毎日少しずつでも、小むずかしい本に取り組む習慣をつづけているのは、こんな嘉治氏の忠告のおかげである。そしてこんな忠告は、案外同業の先輩は、気恥ずかしさから、与えてくれないものである。

氏の尽力で、私は朝日新聞の特別通信員という資格を得、朝日がスポンサーになって、世界一周旅行に出かけることになった。当時は、旅行者の体格検査もやかましく、聖ロカ病院で片足で五十回跳ねさせられたり、アメリカ大使館では窓口の二世にむやみと威張られたり、いろいろ不愉快な思い出もあるが、外国へ行けるという喜びで、そんなことは苦にならなかった。

一九五一年、私は二十六歳、いくら何でももう一人歩きできる年齢に私は達してい

た。しかし占領時代が、青年の精神的成長に、今から考えると、あるおずおずした、不透明な制約を加えていたようにも思われる。

十二月二十四日の出発を控えた数日前、川端康成氏夫妻がわざわざ拙宅を訪れて、「壮途」（?）をはげまして下さったことも忘れがたく、小雨のそぼ降る横浜埠頭で、いつまでも私の船を見送って下さった中村光夫氏の姿も、今も目に残っている。

文学的には孤独を標榜し、世俗を軽蔑していた私が、こうして多くの人の厚意に守られて、プレジデント・ウィルソン号上の人になったとき、多少私が素直な気持ちになっていたとしてもふしぎはあるまい。

出発直前まで徹夜仕事をしていたおかげで、生まれてはじめてタキシードに腕をとおしてクリスマス・イブの正餐に出たのちは、一夜をぐっすり眠り、あくる日からは日々爽快な気分で、船酔いも感じなかった。

ハワイへ近づくにつれ、日光は日ましに強烈になり、私はデッキで日光浴をはじめた。以後十二年間の私の日光浴の習慣はこのときにはじまる。私は暗い洞穴から出て、はじめて太陽を発見した思いだった。生まれてはじめて、私は太陽と握手した。いかに永いあいだ、私は太陽に対する親近感を、自分の裡に殺してきたことだろう。

そして日がな一日、日光を浴びながら、私は自分の改造ということを考えはじめた。

私に余分なものは何であり、欠けているものは何であるか、ということを。

19

私に余分なものといえば、明らかに感受性であり、私に欠けているものといえば、何か、肉体的な存在感ともいうべきものであった。すでに私はただの冷たい知性を軽蔑することをおぼえていたから、一個の彫像のように、疑いようのない肉体的な存在を持った知性しか認めず、そういうものしか欲しいと思わなかった。それを得るには、洞穴のような書斎や研究室に閉じこもっていてはだめで、どうしても太陽の媒介が要るのだった。

そして感受性は？　こいつは今度の旅行で、クツのように穿きへらし、すりへらして、使い果たしてしまわなければならぬ。濫費するだけ濫費して、もはやその持ち主を苦しめないようにしなければならぬ。

あたかもよし、私の旅程には、南米やイタリアやギリシャなどの、太陽の国々が予定されていた。

北米をすぎて、プエルト・リコに一泊したとき、すでに私は、太陽に焦がされた国々のにおいをかいだ。ブラジルにおける一ヵ月の滞在と、カーニバルの季節に、私は熱帯の光りに酔った。はげしい青空の下の椰子の並み木を見るだけで、久しく探し求めていた故郷へかえったような気がした。

こんなことを書いていると、いかにもロマンチックな旅人みたいだが、実は赤毛布の滑稽な戸まどいの連続で、殊にパリでは、街頭のドル買いにだまされ、手品の技術で、有金全部すられてしまい、ほとんど無一文で一ヵ月をすごすという、とんだ幕間劇もあった。そのあいだ一等心配したのは、ギリシャへ行けるかということであった。盗まれた小切手の再交付もすみ、私は陰気なパリに別れを告げて、晩春のギリシャへ行くことができた。

私はあこがれのギリシャに在って、終日ただ酔うがごとき心地がしていた。古代ギリシャには、「精神」などはなく、肉体と知性の均衡だけがあって、「精神」こそキリスト教のいまわしい発明だ、というのが私の考えであった。もちろんこの均衡はすぐ破れかかるが、破れまいとする緊張に美しさがあり、人間意志の傲慢がいつも罰せられることになるギリシャの悲劇は、かかる均衡への教訓だったと思われた。ギリシャの都市国家群はそのまま一種の宗教国家であったが、神々は人間的均衡の破れるのをたえず見張っており、従って、信仰はそこでは、キリスト教のような「人間的問題」ではなかった。人間の問題は、此岸にしかなかったのだ。

こういう考えは、必ずしも、古代ギリシャ思想の正確な解釈とは言えまいが、当時の私の見たギリシャとは正にこのようなものであり、私の必要としたギリシャはそういうものだった。

私は自分の古典主義的傾向の帰結をここに見出した。それはいわば、美しい作品を作ることと、自分が美しいものになることとの、同一の倫理基準の発見であり、古代ギリシャ人はその鍵を握っていたように思われるのだった。近代ロマンチック以後の芸術と芸術家との乖離の姿や芸術家の孤独の様態は、これから見れば、はるか末流の出来事だった。

私がこのような昂奮のつづきに書いたのが、帰国後の「潮騒」であるが、「潮騒」の通俗的成功と、通俗的な受け入れられ方は、私にまた冷水を浴びせる結果になり、その後ギリシャ熱がだんだんにさめるキッカケにもなったが、これは後の話である。

しかし少なくとも、ギリシャは私の自己嫌悪と孤独を癒し、ニイチェ流の「健康への意志」を呼びさました。私はもう、ちょっとやそっとのことでは傷つかない人間になったと思った。晴れ晴れとした心で日本へ帰った。

――当時の外遊は、前にも言ったようにめずらしかったので、文士が外遊すると、「おみやげ小説」を書くのがならいになっていたが、私はそんなものは書くまいと決心して、大方の原稿をことわり、数ヵ月を心の準備に費しつつ、「真夏の死」という、純然たる日本の出来事の小説を書いた。

書きながら、自分の仕事の一時期が完全におわって、次の時期がはじまるのを私は感じていた。帰国後に書いた「禁色」第二部は、第一部と截然とちがっている。私の仕事はだんだん遅くなり、その遅くなる度合につれて、自分が成熟してゆくかのように感じた。

20

こうして私の遍歴時代はおわる。

十七歳から二十六歳までの十年間、私は戦争に行ったわけではないし、ルンペンになったわけでもないが、未だにこの十年間の記憶が比較的鮮明なのは、それだけ心に残るデコボコが豊富だったということだ。この十年間に比べると、二十七歳から三十七歳までの十年間には、これといった起伏がない。時間の経ちようも、あとの十年間のほうがはるかに速い。少年老い易く、学成り難し、とはよく言ったものだ。

私が文壇に出て来たころは、

「いよいよ文壇にも大正っ子が出て来た」

とさわがれたものだが、今はもう昭和っ子どころか終戦っ子の時代で、大正生まれの人間はカビが生えていると見なされている。

多くの雑誌が消え、多くの人が死んだ。いろんな文学的理想が、目の前を須臾のあいだかがやいては消えて行った。自分一人がその中で変わらないと考えるのは、ずいぶん傲慢なことだ。こんな独りよがりな回想録を書いてきたのも、変わった自分を確認するための、自戒の意味でもある。

最近あるホテルのロビイで、みしらぬ人が遠くから微笑して手をあげるのを見た。私は他の人に合図をしているのかと思って、ふり返ってみたが、誰もいなかった。やがて近づいて来たのを見るとそれはもう二十年近くも会わない同級生であった。彼の髪がすっかり銀髪に変わっているのでそれとわからなかったのである。

私は愕然とした。そして思わず口に出して、

「君か？　まさかそんな白髪に……」

と言ってしまってから、口をつぐんだ。友は微笑して何も答えなかった。おそらく友にも、一口には言えぬ種々の困苦があり、心の放浪があったのだろう。

私のうけた衝撃はかなり利己的なもので、

「おれもひょっとすると、もう、老いの仕度をしなければならないのか」

という、およそ不似合いな感想まで浮かんだ。しかしこんな衝撃もすぐ忘れられた。この忘却の早さと、何ごとも重大視しない情感の浅さこそ、人間の最初の老いの兆しだということには気づかずに。

しかし文学では（日本の芸能の多くがそうであるように）、肉体が老い朽ちてから、芸術の青春がはじまるという恵みがある。二十代の私は、どうしても青年を描くことができなかったが、三十代も末近い私は、そろそろ青年を描くことのできる年齢にさしかかったと言えるであろう。いつか中村光夫氏が、

「三十になったときは、俺はもう若くない、と思うが、四十になると、俺はまだ若い、と思うようになる」

と言っていたが、これは至言だ。

かえりみれば、私の遍歴時代には、時代と社会の急激な変化はあったが、一つのじっくりした有機的な形成はなかった。大きな外延を持ってひろがり育つ、一つの思想

の成熟もなかった。日本の小説家が、さまざまな心の艱難と時日の経過から得るものが、ただの技術的洗練だけだと考えるのは悲しいことだ。

そこで、早くも、何もかもぶちこわしたくなる。五十、六十までゆっくりと育てて、育てた上の捨離ではなくて、中途半端で、すぐにまたぶちこわしたくなる。

今の私は、二十六歳の私があれほど熱情を持った古典主義などという理念を、もう心の底から信じてはいない。

自分の感受性をすりへらして揚棄した、などというと威勢がいいが、それはただ、干からびたのだと思っている。

そして早くも、若さとか青春とかいうものはばかばかしいものだ、と考えだしている。それなら「老い」がたのしみか、と言えば、これもいただけない。

そこで生まれるのは、現在の、瞬時の、刻々の死の観念だ。これこそ私にとって真になまなましく、真にエロティックな唯一の観念かもしれない。その意味で、私は生来、どうしても根治しがたいところの、ロマンチックの病いを病んでいるのかもしれない。二十六歳の私、古典主義者の私、もっとも生の近くにいると感じた私、あれはひょっとするとニセモノだったかもしれない。

してみると、こうして縷々と書いてきた私の「遍歴時代」なるものも、いささか眉唖物めいて来るのである。

三島由紀夫最後の言葉

聞き手　古林　尚

〈戦後〉とは何であったか

古林　日本の戦後体制は、いま一つの曲り角にさしかかっていると思います。この一連の対談にご出席いただいた方たち、あるいはこれからご出席していただく方々は、戦後文学の中心的な推進者であり、戦後文学そのものというべき方たちばかりです。私はその人たちの直接的な影響と指導をうけて、いわば〈戦後〉を生きてきているわけです。そういう意味でこれまでの対談は一種の身内意識がないわけではありませんでした。

しかし今回の三島さんの場合はちょっと事情が違う。私が〈戦後〉を擁護する立場で発言しているのに対し、三島さんは戦後的な原理をあえて敵呼ばわりし、天皇制を賛美され、〈楯の会〉のごとき軍国主義的風潮をあおりたてているように見うけられる。ご承知かと思いますが、これまでに私は三島批判――というより非難・攻撃の文章ばかり書いてきました。ですから今回の対談はこれまでのように円滑には進行してゆかないかもしれません。しかしこのことがかえって逆に、これまでの対談が見おとしてきた点、つまり〈戦後〉のアキレス腱のようなものが今日こそ見つかるかもしれない――そんな期待もあるわけです。それでは三島さんにとって〈戦後〉とは何であったか、というようなことからお話をおうかがいしたいと思います。

三島　いやァ、お手やわらかに願いますよ（笑）。ぼくの経歴は、いろいろ方々に書いているので重複しますが、まず戦争中は『文芸文化』という雑誌と非常に関係が深かったんです。これは蓮田善明が主宰者で、ぼくは蓮田善明に思想的影響といいますか、一種の感情教育を受けているんですね。それと学習院時代の清水文雄先生――この方とは、いまでもおつき合いがつづいています。日本浪曼派とはちょっと離れたところにおりました。このあいだ真継伸彦さんが、三島は戦争中に影山正治（国粋的な歌人で神兵隊事件に参加）と会っている、と何かに書いておられたのを読みました。だが、あれは間違いで、影山さんにはこれまでたった一度しか会っていないのです。ある人の結婚式の仲人を影山さんがなさったときに、ちょっと挨拶をしただけなんです。批判はよいけど、そういう誤伝をいろいろ言われると困りますよ。それから、保田與重郎のお弟子さんが、三島は戦争中に保田から非常に大きな精神的影響を受けているのに、そのあと保田を疎外して影響を受けなかったようなフリをしておる、けしからんと書いていましたが、あれもひじょうに心外です。ぼくは保田さんのお宅に遊びに行ったことがあるし、学校の演説会の講師を頼んだこともありますけれども、保田さんから直接の影響を受けたという事実はないんです。あくまでも『文芸文化』という集まりを濾過した、間接的なものだけなんです。そして日本浪曼派からはちょっと離れたところで、いわば精神的国学というか、まあ新国学みたいな潮流の中に身を置いて、ずっと日本の古典を読んでいたのです。

〈戦後文学〉をどう見るか

古林　戦後はどうでした。敗戦のショックより妹さんの死のほうが重大だったと、三島さんはシニカルな口ぶりを弄しておられましたが……。

三島　敗戦で動揺しなかったとか、戦後をむかえて解放感をいだかなかったとか言ったら、それはウソになりますね。ぼくも一時は非常に迷いましたよ。ロマンティシズムを憎んだりもしました。それから、これは話が先へ飛ぶけれども、ムを憎んで古典主義に傾倒したりしたこともあります。あの『潮騒』のころには……。

しかし、いくら悩んでも、ぼくには自分をぜんぶ否定することはできなかった。それに、ぼくはノンポリというのか、政治的には盲目でしたから、戦後の政治的な潮流がよく理解できなかったんです。政治的な発言をしようとするとシドロモドロで、実にお恥ずかしい次第だったし、それで一種の逃げ道として芸術至上主義者を気どることにしたんです。

古林　戦後文学についてはどういうふうに見ていらっしゃいましたか。

三島　ぼくは旧文壇の人の推薦で出てきたでしょう、だから、あれは技巧派であり、古い文壇文学の残りかすだと見られていました。小説はうまいけれども思想性はない――それがぼくにたいする一般的な評価でした。マチネ・ポエティックも芸術至上派だと言われていましたが、あのグループはフランスの知識人を引き合いにだして、どんな芸術家でも政治的関心を持つべきだ、政治にアンガージュする文学を要望する、としきりに主張していました。既成文壇にたいする非常な征服欲も持っていたし、あれは芸術至上主義であると同時に、一方では政治主義だったんですね。ぼくは、そこにも接近できないで、文壇の端っこのほうに一人でおりました。

古林　『近代文学』には参加されたでしょう。

三島　『近代文学』の人たちは、戦争批判や、政治と文学の問題についての発言などをさかんにやっていました。ぼくは、マチネ・ポエティックにもはいれないし、『近代文学』にもはいれない。と言うより、バカにされていたわけですよ。そして、バカだと見られているうちにいろんなことがあって、小田切秀雄さんに地下鉄の中で、共産党に入党しないかと誘われたりしました。それで、共産党じゃなしに、『近代文学』のほうへはいったんです。

古林　あれは第二次の同人拡大の折でしたね。たしか第一次の拡大では野間宏や加藤周一や花田清輝などが加わって、第二次で椎名麟三、武田泰淳、梅崎春生、安部公房などが参加しているのです。三島さんは、その第二次でしたよ。

三島　そうですか。ぼくが加わったときは、もう『近代文学』は終りかけていましてね、経営的にも行きづまっていたようです。そこで、もう思想的な資格などもうるさく言わないで、多少のことなら目をつぶって同人をかき集めよう、という方針になったらしい。そのころ、ぼくはこの同人参加の件である友人に葉書を出していましてね。ぼくが自分で証言したのでは信憑性が薄くなるけれども、その葉書にぼくは、天皇制を認めるということを条件にして『近代文学』に参加したんだ、という要旨の文章を書いているそうです。ぼくは記憶していないんですが、友人は確かに書いていると言うのです。ぼくは、そんなことで人にウソをついたりしたことはありませんから、きっと『近代文学』の誰かに、天皇制を認めるのなら加入してもよいよ、と言っているのに違いありません。『近代文学』はそういう人間まで呑みこまざるを得なかったほど、そんなに経営状態が悪化していたんですね。ぼくの臆測では、だれか同人のうちで話のわかる人が、三島は天皇制なんか認めろと言ってるけれども、入れてしまえばどうせ同化できるさ、そのうち洗脳できるよ、と考えていたんじゃないかと思われます。同じころ、たった一冊の雑誌でしたが、『序曲』にも参加しました。つまり、この時期にきて、ぼくは初めて戦後作家の仲間入りができたんです。思想的には違うけれど全然、旧文壇の残り滓でもなさそうだと、やっとそんな評価を受けるようになったわけです。

十代の思想へ回帰して

古林　それでは、いわゆる〈戦後〉については……。

三島　いままで申しあげたことは、単なる文壇的動静ですけれども、それからもおわかりのように、ぼくにとって戦後というのは、つまり初めはアイマイモコとして、半ばうれしいような、半ば悲しいような、どうしていいかわからないという混迷から始まったんです。その混迷の果てに、どこかに自分の立脚点を確保しなければと思いあぐんで、そのあげくにかろうじて芸術至上主義にたどりついたわけです。そのあと、浪曼派の敵になって、古典派の旗をかかげることにしか自分の道はない、と思いつめたりもしました。こういうふうにして、戦後は道行きしていったんです。そしてそのうちにだんだん、つまり年とともにお里が知れてきた。十代に受けた精神的な影響、いちばん感じやすい時期の感情教育がしだいに芽を吹いてきて、いまじゃあ、もう、とにかく押さえようがなくなっちゃったんです。（笑）

古林　三島さんと私とは、ほぼ同年輩で、戦争中にあなたは勤労動員へ行き、私は海軍へ行った。そこまでは体験の質が同じであるのに、その後がずいぶん違うんですね。私の場合について言えば、私は復員してきて、いわゆる虚脱という、あの異様な精神的空白の時期を持ちました。それからマルクス主義の文献などに初めて接する機会ができて、非常に大きなショックを受けました。国家とは何か、価値とは何か、労働とは何か、人間とは何か——と、そんな問題について初めて真剣に考えるようになり、それと平行して野間宏や椎名麟三などを読みはじめ、その読書の過程で自己形成がなされていったわけです。だから戦後というのは、私にとっては第二の誕生でした。私には、戦後は決定的な意味を持っているんです。このような体験のコースは、私だけのことじゃなくて、私と同世代の人たちに広く見られる、いわば普遍的な世代体験だったはずです。ところが、そうした同世代者の中にあって、三島さんだけには、その戦後における第二の誕生が見あたらないんですね。

三島　ないですね。私の自己形成は、ませていたからでしょうが、十五、六のときにすんじゃった。すくなくとも十九までに完了したと思います。

古林　しかし、その戦争中に完了した三島さんの自我は、戦後世界の中では通用しなかった。そこで仮面をつけて発言する必要にせまられ、『仮面の告白』という小説の題名がいみじくも象徴しているように、おのれを無理に抑制したかたちの美的探求者を装わざるを得なかった……。

三島　そうでしたね。

古林　けれども、その抑制の歯止めが、ある時期になると完全にはずれてしまって、三島さんはふたたび十代の思想にのめりこんでゆく……。

三島　おっしゃるとおりです。自分の中をずっと見てみると、そうとしか考えられない。

古林　三十代、あるいは四十代になってからの三島さんが無条件に十代の思想を信奉するということは、たいへんに不自然であって、その無理な姿勢が、三島美学が観念の世界にのみ浮游する、リアリズムを離れて情念にのみ固執せざるを得ない、そういう現実離脱の傾向の大きな原因になっているんじゃないでしょうか。

三島　そうでしょうね。でもね、ぼくにも言いぶんはあるのですよ。ぼくが古典主義というか新古典派というか、あの『潮騒』の世界のようなところに、むりやり自分を自己規定してゆこうと思ったのは、あのころは、それで自分を制御できると思っていたからなんです。ぼくは、自分こそ日本にはまだ生まれていない古典美の世界、それを理性ですべて統御するところの新しい作家になれるだろうと、ほんとうに錯覚していたんですよ。ところが、そのうち、そうでないことがわかってきた。どうしても自分の中には理性で統御できないものがある、と認めざるを得なくなった。つまり一度は否定したロマンティシズムをふたたび復興せざるを得なくなった。ひとたび自分の本質がロマンティークだとわかると、どうしてもハイムケール（帰郷）するわけですね。ハイムケールすると、十代にいっちゃうのです。十代にいっちゃうと、いろんなものが、パンドラの箱みたいに、ワーッと出てくるんです。だから、ぼくはもし誠実というものがあるとすれば、人にどんなに笑われようと、またどんなに悪口を言われようと、このハイムケールする自己に忠実である以外にないんじゃないか、と思うようになりました。ぼくのこの気持ちは、思想的立場の違う人、ゼネレーションの違う人にはきっと理解できないんだと思います。

死とエロティシズムとの類縁

古林　私も理解できない人間の一人でしょうから、ついでにもっと言わせてもらえば、その情念としての美についてですが、三島さんの中にはいつでも純粋志向というような面があって、それが三島的な類型化のパターンをつくりだしているのじゃありませんか。たとえば、いま話にでた『潮騒』の主人公、それから『剣』の主人公なんかもそうですが、彼らは本などぜんぜん読まない男で、肉体だけはギリシャ彫刻のように立派だということになっている。『憂国』では主人公の中尉が、自決という異常な死に直面した白無垢の美しい妻の姿の中に、皇室とか国家とか軍旗などの幻影を見出すことになっている。『英霊の声』に出てくる天皇のイメージは、白い馬に乗っていて、馬が白い鼻息を立てて、それが白い雪をけたてて丘を登ってゆく。初期の短篇でも、海は必ずまっさおで、空にはまっ白な雲があって、純白の船がそこを走ってゆくという道具立てになっている。『純白の夜』なんて題の小説もあったけれども、とにかくこのように人間も風景も、必ず純粋なパターンでとらえられているのです。これは三島さんの趣味だ、というような単純な問題ではない。つまり三島さんは、そういう純粋さ、純白というイメージでとらえたものの背後にひそんでいる残酷さ、醜悪さをすべて計算ずくで、意識的に切り捨てているんですからね。この切断の不自然さを、三島さんはさっきの十代へのハイムケールでごまかしていると思うんです。この切り捨てが、主人公の内面の問題として個人的な美的評価の枠の中にとどまっているうちは、まだよいですよ。しかし、創作主体の側における基準として、社会的な事件の評価、歴史的な価値判断の場にまで、それがとびだしてくるから困るんです。たとえば三島さんの大好きな二・二六事件ですが、三島さんが描けば、まっ白な雪の中で決起がおこることになる。雪は時間がたてば必ずとけてドロドロになるはずなんだけれども、その醜悪になった雪のイメージは、三島さんの視野にけっしてはいってこない。決起将校を描くときにも、その心情だけを独立に取りだして、白い雪の美しさとすりかえてしまう。事件で殺される人間のことなんか、ぜんぜん考えてみようともしていない。どうして、こんなふうになってしまうのか、それが私には理解できないんです。純粋志向もよいけれども、すこしは被害者の側にも目をくばって、そうですね、被害感覚だけの作品をたまには書いてみたらどうなんですか。

三島　ぼくが、あなたのおっしゃる〈情念の美〉にとり憑かれているのは、エロティシズムと関係があるからでしょうね。ジョルジュ・バタイユをぼくが知ったのは、昭和三十年ごろですが、ぼくが現代ヨーロッパの思想家でいちばん親近感をもっている人がバタイユで、彼は死とエロティシズムとのもっとも深い類縁関係を説いているんです。その言うところは、禁止というものがあり、そこから解放された日常があり、日本民俗学で言えば晴《はれ》と褻《け》というものがあって、そういうもの——晴がなければ褻もないし、褻がなければ晴もないのに——つまり現代生活というものは相対主義のなかで営まれるから、褻だけに、日常性だけになってしまった。そこからは超絶的なものが出てこない。超絶的なものがない限り、エロティシズムというものは存在できないんだ。エロティシズムは超絶的なものにふれるときに、初めて真価を発揮するんだとバタイユはこう考えているんです。

古林　その超絶的なものが三島さんの場合にはすぐ天皇のイメージに短絡してしまう。そしてエロティシズムはセックス抜きで、観念の高みに飛翔してしまう。だけども確かバタイユは、反ファシズム運動という、それこそ具体的で日常性そのものである抵抗の闘いの中から、あの特異な理論を編みだしてきているんですね。

三島　ぼくの場合には、バタイユから啓発されたんで、バタイユそのままではありません。ぼくの内面には美、エロティシズム、死というものが一本の線をなしている。それから残酷もありますが、あれはコンクリートなもので、ふつうにはザッハリッヒッヒなものとして扱っていません。あなたもご覧になったと思うけれど、バタイユの著作に支那の掠笞《りょうち》の刑の写真が出ています。胸の肉を切り取られてアバラが出ている。ひざを切られて骨が出ている。そんなふうにやられている連中が、写真では笑っているんです。痛いから笑っているんじゃないですよ、もちろん。これはアヘンを飲まされているんですね、苦痛を回避するために。バタイユは、この刑を受ける姿にこそ、エロティシズムの真骨頂があると言ってるんです。つまりバタイユは、この世でもっとも残酷なものの極致の向こう側に、もっとも超絶的なものを見つけだそうとして、じつに一所懸命だったんですよ。バタイユは、そういう行為を通して生命の全体性を回復する以外に、いまの人間は救われないんだと考えていたわけです。ぼくもバタイユに賛成です。ところが古林さんのお話をうかがっていると、三島の純白は観念であるが、残酷というものはザッハリッヒだと、こんなふうにあなたはお考えなんですね。

古林　ええ、そうですよ。

三島　ところがぼくは絶対にそうは考えないんです。つまりもし白が観念的なら残酷さも観念的だ。白がザッハリッヒなら残酷さもザッハリッヒだ。ぼくにはその両者は、(客観的、即物的)なものと考えられています。ところがこれを、バタイユはザッハリ同一次元のものとしか考えられないんです。それを意地悪な人が見れば、あいつは苦労を知らん、戦争も知らん、貧乏も知らん、だからそんな甘い見方をするんだ、とこんなふうになってしまう。

古林　ええ、そのようですね。

〈強さ〉がいじめられている現代

三島　しかし、ぼくだって、ぼくなりに戦争を見ているんですよ。たとえば勤労動員に行って、仲間が艦載機の機関銃にやられて、魚の血みたいなのがいっぱい吹きだしているのを見たり、まあ多少は知っているんです。そして『平家物語』ほどではないけれども、人間はすぐに死ぬんだ、死ねばどうなるかということを認識したんです。これは相対的な問題なんで、おれは死体を百も見たから、三つしか見ないお前より戦争体験が深刻なんだ、とは言えないし、おれはお前より貧乏だったから、だから偉いんだぞとも言えないはずです。そうそう、鴨長明が河原の死体を数えますよね。あのときの長明の心情というのは、ぼくはスゴイと思うんです。数は抽象的なものですから、もしつまり、谷崎さんの不浄観のように残酷さをとおして何かをつかもうとするのならば、一つの死体をずっと観察していれば十分ですよね。それを長明は一つ一つ数えてゆくんです。

古林　三島さんの言いたいことは、それでは純粋な記録者の立場の主張ということですか。芭蕉が『野ざらし紀行』で、道ばたに捨て児の泣いているのを見て、「ただこれ天にして、汝が性《さが》のつたなさを泣け」と見捨ててしまう。その心情に立とうというわけですか。

三島　弱い者を救おうという気持ちは、確かに美しいと思いますよ。ぼくが芭蕉の立場にいたら、芭蕉ほど冷たい態度はとれないでしょうね。だけど自分の任務はどうだと考えると、ぼくは自分がその赤児を救うのにふさわしい人間だとは思わない。弱い者を救う人は、きっとほかにいるはずです。つまり、弱さというものはそっとしておけばよろしい。現代は、むしろ強さがいじめられている時代なんです。強さがこんなにおとしめられ、人間の強がろうとするモラルが、こんなに軽蔑されている時代はありませんよ。だから強さをまず復活するのが自分の課題だと、もう意地でも何でもい い、とにかくそれを復活してやるんだと、ぼくはそれしか考えていないんです。

古林　強さが保護されるべきで、弱さは侮辱されても仕方がないという論理なんですか。

三島　殺された側の人間はどうだとか、テロリズムはいけないとか、そういう思考は戦後ずっとつづいてきているし、ぼくはもう聞き飽きたんです。ロシヤ革命だってフランス革命だって、貴族はみんな殺されているんですよ。それで、フランス革命の側に立つ人間にむかって、マリー・アントワネットが殺されるときどんなに苦しかったか、お前考えてみたことがあるかなんて言ってたら、革命が成り立ちますか。でもぼくは、弱さは救えるならば救いたいと思う。だから二・二六事件で感心するのは、女や子供をひとりもやっていない点ですね。これは立派だと思います。女や子供を殺すのはキタナイですよね。だから現代の戦争は、ベトナム戦争でも何でも、女や子供をふくめた皆殺し戦争でしょう。あれはキタナイ。ぼくはキタナイのは嫌いですが、美しい行為ならばテロリズムは是認します。人間は弱くなっちゃいけないんです。

古林　どうも戦国乱世の哲学でも聞かされているような気分ですね。

三島　そうですよ。末世の心情なんです。鴨長明の目のまえには死体がいっぱいあった。ゴロゴロしている。それを処理するには、数えるという以外にない……。

〈文〉と〈武〉の関係

古林　それが三島さんの文武両道ですか。私には、武人の三島さんはテロルを肯定できても、文人の三島さんには肯定できるはずがないんだ、としか思えないのですが……。

三島　ぼくは、文武両道は最終的には分けられないものだと思います。文武両道は、そんなに器用な相対主義じゃない。最終的に一致しなきゃならんものを、いちおう、分けるだけです。ひとまず分けて、文もやる、武もやる——これがぼくの現在です。そして現実の問題としては、ぼくがたとえば思想運動みたいなことをやっているとしても、ぼくの小説がちょっとでもその影響を受けたりしたらぼくは負けだと思っているんです。小説も書くときには、全エネルギーを投入して書きたい。それから思想運動なり、行動に移るときには、まあたいした行動ではないけれども、それをやるときには若い者に負けないで、もうこの歳になるんですが、死ぬまでやろうという気持ちでおります。

古林　三島さんが政治に深入りしない理由、つまり石原慎太郎みたいに代議士になったりしない理由は、いまのその考え方と関係があるんですね。

三島　ありますね。ぼくは純粋でなきゃイヤだから、自民党からビタ一文だって貰いたくない。彼らから資金を貰ったら、ぼくのやろうとしていることはダメになります。はっきり言ってぼくは未だに反政治主義者です。いま、ぼくのやろうとしていることは、人には笑われるかもしれないけれども、正義の運動であって、現代に正義を開顕するんだという目的を持っているんです。吉田松陰の生き方ですよ。正義を開顕する以外にすることはない。

古林　〈楯の会〉がですか……。私は精神運動には興味がなくて、人間というものは、おのがじし自分の選択と意志で生きるほかはないんじゃないか。それが結果として、社会変革に結びつけば、それで十分だ、と思っているんです。他人様からお仕着せの正義を押しつけられるなんてのはイヤですね。

三島　ぼくには正義が問題です。どう言われようとやります。

革命成立の条件としてのエロティシズム

古林　ところで話題を転換しますが、現在の文壇にはセックス小説、姦通小説が氾濫していますよね。セックスがマイ・ホーム主義的な秩序破壊、つまり反体制的なものとして各作家の意識にとらえられているわけです。三島さんにも『美徳のよろめき』のような作品がありますが、しかしこれは背徳の美学の追求であって、セックス描写があるわけではない。それから『愛の渇き』などでは、殺人が出てくるけれども、殺人はほんのつけたりで、三島さんにとっての積極的な関心の対象とはなっていない。殺人やセックスを反体制的だと概括する現代の風潮には私自身も抵抗がないわけじゃありませんが、ともかくそれが、体制擁護的な行為でないことだけは言えると思います。現体制の頽廃をののしり、新しい社会正義の樹立を目ざす三島さんが、この風潮に無関心であるのは不思議ですね。

三島　さっき申しあげた美、エロティシズム、死という図式はつまり絶対者の秩序の中にしかエロティシズムは見出されない、という思想なんです。ヨーロッパなら、カトリシズムの世界にしかエロティシズムは存在しないんです。あそこには厳格な戒律があって、そのオキテを破れば罪になる。罪を犯した者は、いやでも神に直面せざるを得ない。エロティシズムというのは、そういう過程をたどって裏側から神に達することなんです。それは、ぼくの『サド侯爵夫人』のテーマなんですが、サドはそれを十八世紀にやったんですね。しかもサドは、それを単に反体制というような、政治の低い次元の問題としてやったんじゃない。フランス革命などは、サドの思想で補塡されなきゃ、真の革命にはならなかったんです。つまり、革命のオプティミズムを完全に否定するペシミズムがない限り、革命というものは成り立たないし、また革命の合理主義を完全に否定する神秘主義がなければ、同様に革命はダメになるんです。革命というものが一つのイグジスタンスであるためには、両側がなきゃいかん。ところが日本の戦後革命では、合理主義に偏してしまった。人間主義に偏してしまった。エロティシズムが軽視された。まあ野間さんがある意味では追求したけれども、これは中途で挫折した。そのあとに出てきたのは、エロティシズムは反体制だという愚劣な思考です。だけど、いまの相対主義的な世界におけるエロティシズムというのは、フリー・セックスでしょう。なんにも抵抗がない。あんな絶対者にかかわりを持たぬセックスなど、ぼくはエロティシズムとは呼びたくないですね。

古林　私は以前にだいぶ辛辣な『憂国』批判を書いたことがあるんですが、三島さんのそういう考え方の延長線上にあの作品があるとすれば、私の批判はどうやらあなたの論理とは嚙み合わなかったみたいですね。

三島　立場がまったく違いますからね。ぼくの考えでは、エロティシズムと名がつく以上は、人間が体をはって死に至るまで快楽を追求して、絶対者に裏側から到達するようなものでなくちゃいけない。だから、もし神がなかったら、神を復活させなければならない。神の復活がなかったら、エロティシズムは成就しないんですからね。ぼくは、そういう考え方をしているから、無理にでも絶対者を復活させて、そしてエロティシズムを完成します。これは、その辺にある日常的なセックスなんかと、まるで次元が違う、まあ一種のパン・エロティシズムなんですよ。ぼくは、その追求がぼくの文学の第一義的な使命だと覚悟しているんです。

なぜ天皇が必要か

古林　そうすると三島美学を完成するためには、どうしても絶対的な権威が必要だということになり、そこに……。

三島　天皇陛下が出てくる。（笑）

古林　そこまでくると、私はぜんぜん三島さんの意見に賛成できなくなるんです。問題は文学上の美意識でしょう、なぜ政治的存在であるところの天皇が顔を出さなきゃダメなんですか。

三島　天皇でなくても封建君主だっていいんだけどね。『葉隠』における殿様が必要なんだ。それは、つまり階級史観における殿様とか何とかいうものじゃなくて、ロイヤリティの対象たり得るものですよね。古林さんの天皇観とぼくの天皇観はひどく違っているけど、ぼくが戦後における天皇観をひどく嫌悪しているのは、あれはヨーロッパの制度をまねて明治になってつくられた創作品だという考え方についてですよ。

古林　事実、そのとおりで、天皇は演出された創作品じゃないですか。

三島　ぼくは絶対そう思わない。それは国学をよく研究し、あるいはずっと天皇観の変遷を見てくると、そういうことは絶対にないのがわかる。それは機構としてはそうですよ。機構としては確かに古林さんの意見のとおりなんです。しかし、機構と天皇の本質とはぜんぜん違いますよ。

古林　三島さんは天皇観の変遷と言うけれど、天皇が祭祀的なシンボルとして政治上の意味を持ったのは、せいぜい平安末期までで、武家の登場によってその影響力はしだいに稀薄化してゆき、鎌倉幕府が成立して以後は完全に有名無実のものとなった。

室町期においても、天皇が政治に影響を及ぼしたという事実はない。建武中興のとき、ちょっと歴史の表面に出かかるけれども、すぐに崩壊してしまう。徳川期となると、これはもう徹底的な規制が行なわれて、天皇のカゲはかすんでしまった。それでは明治になって大政奉還でやっと天皇親政が実現したかというと、やっぱり薩長の藩閥政府が出来上がって、天皇は彼らの権力を護持するお飾りに利用されてしまう。天皇と民衆とのあいだに、ある程度の接近が始まったのは、戦後の《人間宣言》以後じゃないですか。そのわずかな接点も、最近ではまたぞろ菊のカーテンによる隔離によって、どこかに見失われようとしている。私は天皇個人、天皇家そのものに怨恨や反感を持っているわけではないけれども、これでは制度としての天皇制は常にある種の政治勢力に利用される宿命を持っているんだと言わざるを得ない。

三島 ぼくは、むしろ天皇個人にたいして反感を持っているんです。ぼくは戦後における天皇人間化という行為を、ぜんぶ否定しているんです。

古林 『英霊の声』におけるあれですね。「などてすめろぎは人間《ひと》となりたまひし……」だけど、天皇の《人間宣言》――結構なことじゃないですか。もっとも、あれには天皇制の本質を欺瞞的に隠蔽するという効用もあったけど……。

三島 小泉信三が悪い。とっても悪いよ。あれは悪いやつで大逆臣ですよ。というのは、いま天皇制に危機があるとすれば、それは天皇個人にたいする民衆の人気ですよね。やっぱり、ご立派だった、あのおかげで戦争がすんだという考え、それに乗っかっている人気ですが、ぼくはそれは天皇制となんら関係ないと思うんです。ぼくは吉本隆明の『共同幻想論』を筆者の意図とは逆な意味で非常におもしろく読んだんだけれど、やっぱり穀物神だからね、天皇というのは。だから個人的な人格というのは二次的な問題で、すべてもとの天照大神にたちかえってゆくべきなんです。今上天皇はいつでも今上天皇です。つまり、天皇の御子様が次の天皇になるとかどうとかいう問題じゃなくて、大嘗会《だいじょうえ》と同時にすべては天照大神と直結しちゃうんです。そういう非個人的性格というものを天皇から失わせた、小泉信三がそれをやったということが、戦後の天皇制のつくり方において最大の誤謬だったと思うんです。そんなことをしたから、天皇制がだめになったとぼくは思っているんです。

それはあなたのおっしゃる政治的に利用された絶対君主制＝天皇制というものと、ぜんぜん意味が違うんです。小泉信三はぼくの、つまりインパーソナルな天皇というイメージをめちゃくちゃにしたやつなんです。

敵の手には乗らぬ

古林　どうもよくわかりませんね。論旨は『文化防衛論』でよく熟読玩味したつもりですが、三島さんは文化防衛的な天皇というものを志向していて、結局それが実現したときには政治的なものに転化せざるを得ないという必然性――それに気づいていないんじゃないですか。橋川文三がこの点を指摘して三島批判を展開していましたが、私もやっぱり橋川文三の見解に賛成ですね。三島さんの〈楯の会〉についても同様ですよ。あれは三島さんが八百万円の私財を投じて百人の学生有志で結成した民兵組織ということで、現代青年の頽廃にいきどおった三島さんがその独特の発想でとらえた模範青年の集まりというつもりなんでしょう。しかしですね、あなたの主観的な判断がそうだとしても、あの民兵たちは日本の軍国主義化の地ならし、徴兵制実施のためのチンドン屋ということになりませんか。三島さんにその意志がなくても、利用しようというやつはワンサといるはずですよ。

三島　古林さん、いまにわかります。ぼくは、いまの時点であなたにはっきり言っておきます。いまにわかります、そうではないということが。

古林　いやいや、三島さんの意図の問題じゃないんです。その客観的な役割が……。

三島　ぼくはぜったい利用されませんよ。いまの段階に極限して見れば、それは利用とも言えるでしょう。彼らはいま、ぼくを利用価値があると思っていますよ。しかし、まあ長い目で見てください。ぼくはそんな人間じゃない。

古林　三島さん個人の意志じゃなくて、周囲であれを悪用しようと待ちかまえている連中の動向が心配なんです。天皇制についても同じですよ、〈楯の会〉と同じように強い危惧を感じますね、私は。

三島　それは、ごもっともな心配です。だが、ぼくはそうやすやすと敵の手には乗りません。敵というのは、政府であり、自民党であり、戦後体制の全部ですよ。社会党も共産党も含まれています。ぼくにとっては、共産党と自民党とは同じものですからね。まったく同じものです、どちらも偽善の象徴ですから。ぼくは、この連中の手にはぜったい乗りません。いまに見ていてください。ぼくがどういうことをやるか。

（大笑）

古林　どうもよくわかりませんが、まあ見ている以外にないようですね。

三島　ぼくは彼らの手にはぜったい乗らないつもりで、もう腹をきめていますよ。とにかく、こんなことをいま言ったってしようがないことだけれど、長い目でひとつごらんください。現在の時点では古林さんのおっしゃるとおりですよ。たしかにいまの時点では。それはぼくだって、やつらが利用していることは百も承知ですよ。やつらは、バカが一人とびこんできて、てめえの原稿料をはたいて、おれたちの太鼓をたたいてくれるわいと、きっとそう思っているでしょうね、いまの時点では。ぼくもそう思わしておくことが有利ですから、いまはそんなフリをしているだけです。それは政治の低い次元の問題ですよ。だけど、ぼくは最終的にはやつらの手には乗らないです。

それから天皇制については、あなたとは根本的に考え方が違いますから、これは利用されようと利用されなかろうと、ぜったい理想的に復活されなきゃいけないという、もう妄念ですからね。

絶対者と民衆

古林　三島美学にとっては絶対者が必要なんでしょう。天皇でなくても、たとえば共和制的な何かでもいいじゃありませんか。

三島　ぜったい、そんなことは考えられません。共和制がどうして絶対者になり得ますか。共和制はもともと相対主義的理念の産物じゃないですか。どうして相対主義に絶対者が付着できますか。

古林　しかし、天皇制だってしょせん相対的なものにすぎませんよ。

三島　そうじゃないでしょうね。つまり相対性のうえに何か上乗せされるでしょう、少なくとも。

古林　被支配の民衆という基盤があって、はじめて絶対者としての天皇が君臨できるわけでしょう。民衆との相関関係において天皇制は絶対者たり得るので、ある時期の天皇のように配所に幽閉されたり、合戦に敗れて落ちのびたりするようになっても、なお絶対者だとはいいきれないでしょう。

三島　ぼくは民衆もやっぱり絶対者をどこかで求めているだろうと思いますね。民衆が相対的なものだけで満足するとは思えない。日本人の歴史からいって、そうですよ。だって、日本は完全相対主義というものになっているけど、それはいまのほんのちょっとの、ここ十年間ぐらいの現象ですよ。長い歴史から見たら、ごくわずかな期間です。しかもそのいまでさえ現象の奥に底流しているものは、現実に満足できぬという風潮です。いま、哲学・仏教その他いろんなものに対する関心が起こっていますが、これは絶対者へのあこがれですよ。日本人という国民はそんな、つまり相対主義的な幸福というところに落ちつくとは、ぼくは見ていないんです。

古林　私はその意見に賛成じゃないけど、いいでしょう、つづけてください。

三島　このあいだ、ある人がスウェーデンの残虐行為査問委員会の情景を新聞に書いていたんですが、ベトナムの農民が負傷してホータイ姿で証人台に立つ。それがボロボロの着物をまとっているんです。ところが、その農民に同情している委員会のメンバーときたら、いい洋服を着こんで、高価な犬を連れている中年の紳士というわけです。彼らは熱心に農民の訴えを聞いて、しきりにけしからんことだと同情する。その情景に何とも言えない違和感が感じられたと書いてあったんです。こんなことになっているのも、ぼくはスウェーデンの政治体制に問題があると思うんです。スウェーデンは百五十年前にロシヤとの戦争で負けた。その傷を回復しなかったから、そういう、つまり相対主義の軟弱な国になったとぼくは見ているんです。あそこでは国民精神というものを無くしたかわりに、人類平和の理想に逃げたんですよ。で、人類平和の理想に逃げた果てにあったものは、政治体制としての相対主義、そこから出てくる福祉国家という理念でしょう。人類最上の価値が福祉にあるなんて、いまじゃ民社党だって福祉主義にたいする反省に立っていますからね。共産党や社会党はどうだか知りませんが、とにかく福祉国家ということに対する反省は、かなり広汎に起きています。

全共闘への心情的共感

古林　この対談そのものも、実は戦後にたいする反省から出発しているんです。私は戦後を絶対だと思って生きてきました。私にとっての戦後とは、近代的自我の確立というコトバに集約されるところの、政治的・経済的・人間的な諸権利の実現ということでした。三島さんのおっしゃる福祉もこれに加えて結構です。この近代的自我の確立という要請は、民主的な選挙制度の実施、経済成長その他によって、現在ではある程度まで実現できたと考えてもいいでしょう。ところが実現してみると、当初の夢はこんなものじゃなかったはずだという、やはりひじょうに苦いものが出てきたわけですよ。だけども、だから戦後を否定するんだとは私には言いきれない。戦後が絶対であることに変わりはないんです。そこで、戦後とはいったい何であったのか、もう一度考えなおしてみようというのが、このシリーズの対談になったわけです。ですから、三島さんの現状況にたいする不満が、ある意味ではわかるんですけれど、だけどその不満が絶対主義天皇制の確立という方向に突っ走ってしまうと、断絶というか、私とのあいだには埋めようのない深淵が生じてしまいますね。

三島　そうでしょう。ただ、これは、ぼくはしようがないことだと思いますよ。それをぼくがむりに説明して埋めたってしようがない。論理で説得できる問題じゃないと思うんです。ぼくが古林さんを説得できないと同様に、あなたもぼくを論理では説得できない。それで思いだすんですが、ぼくは全共闘との対話のとき、「きみらが天皇陛下バンザイと叫んだら、ぼくは安田講堂にいっしょにたてこもったぜ」と言ったんです。彼らが叫ばないことは知っていました。しかし、そのとき彼らと非常に近いところにぼくはいたんです。ぼくは、彼らの言う直接民主主義という理念と、ぼくの説く錦旗革命の理念とは、まさに非常に近くに来ているということを感じたんです。あなたとの断絶も、そういう感じで一挙に埋めつくすほかはないと思います。

古林　私は小説書きとしての三島由紀夫には興味がありますが、イデオローグとしての三島由紀夫のほうは願い下げにしたいので、断絶は埋めてもらいたくありません(笑)。それにしても全共闘と三島さんとの心情的共感というのは、以前から私も予想してはいたのですが、やっぱりあなたの実感としてもそうでしたか。

三島　若い学生たちが北一輝にいき、村上一郎にいきつつある風潮が、その具体的なあらわれです。ぼくは、あの時点で非常に強く感じたんですよ、このオブラートの皮をどっちから破るかという問題だとね。つまり、ぼくが天皇陛下バンザイをやめるか、向こうが天皇陛下バンザイを叫ぶか、どっちかギリギリの時点にいま来ているんですよ。ぼくは痛切にそれを感じています。

古林　天皇陛下バンザイというふうにまとめてしまえば、それは三島流の理論ができあがるわけでしょうが、私は全共闘の運動を玉砕主義だと見ているんです。彼らは退却することを知らない。メクラメッポウに権力と激突して、あたら若いエネルギーを野垂れ死にさせているだけです。

彼らは直接民主主義だと言いますが、それはそこに集まった学生大衆の討議によって、つねに当面の戦術方針を出してゆくというやりかたでしょう。こうすると必ず非常に尖鋭な方針が出ることになります。尖鋭なほどカッコいいから、若い連中の心情を熱狂的にかきたてますしね。とにかく尖鋭すぎるものだから、次の集会のときには日和見分子は脱落せざるを得ない。そしてウルトラな奴ばかりが集まってくるから、新しい方針はさらにエスカレートして尖鋭になる。これでは警察と激突する戦術ばかりが出てきて、一般学生の組織化というような、一見したところ地味ではあるがしかし重要な運動形態をとることはできなくなります。一般の学生大衆という後背地を持たないで、ひとにぎりの過激分子が機動隊と勇ましいチャンバラばかりくりかえしていたのでは、たちまち戦力が底をついてしまうことは目に見えています。後退または停止を知らぬ闘争なんてものは、破滅以外にはあり得ません。安田講堂の占拠事件はいみじくもそれを象徴しているのです。あれは、やっぱり一種の天皇陛下バンザイじゃないでしょうか。

三島　そうでしょうね。そういうメンタリティ自体がね。

古林　だから、三島さんと全共闘の学生諸君の討論会というのは、皮肉な言い方をすれば、三島さんが若き僚友たちを陣中慰問したみたいなもんですね。

三島　ぼくはあれ以来、彼らをある意味で好きになった。とっても好きになりましたね。

古林　心情的に同じ基盤に立っているからですよ。オブラートの皮一枚なんだけど、なかなかそれが破れない。ところで最近おもしろい話があったんですが、古林さん、中央公論社の粕谷一希さんてご存知ですか。

古林　いや、知りません。

三島　もと編集長やっていたんです。その人がうちに遊びにきたので、ここに坐ると同時にぼくが「粕谷さん、村上一郎の『北一輝論』読んだ？」と言ったら、彼は「いやー、その話やめてください」って哀願するんですよ。「なぜ？　あんないい本はないから読みなさい」ってすすめたんですが、「それだけはゴメン」と言うんです。よく聞いてみたら、彼はこんど中央公論に入社した三派の激しいやつをあずけられたんだって。つまり教育係なんだ。そいつをおとなしくさせようと思って苦労しているんだけど、そいつは毎日毎日演説ばかりブッて、うるさくてしようがない。そして、すすめる本が一冊しかない。それが村上一郎の『北一輝論』なんです。彼は顔を合わせるたびに、「粕谷さん、これ読まなきゃならない。ぜひ読みなさい」と強要されるんで、言われれば言われるほど読みたくなくなっているんだって。それで、やっとぼく

の家にのがれてきたのに、いきなり村上一郎が出てきた。これでは前門のトラ後門のオオカミだと……。（笑）

古林　そう言えば、村上一郎も三島由紀夫に似ているところがありますね。

三島　ぼくは好きなんだなァ彼。ぼくはこのあいだ、村上一郎の「広瀬海軍中佐」という小説を読んで感激した。彼はほんとうに何か持っている。ぼくは、あいつは男だと思う。ほんとうに、そう思うなあ。

古林　村上一郎を好きだというのは、彼の浪曼主義者の一面に……。

三島　でしょうね。それと、あなたのおっしゃる破滅的一面ですよ。とにかく逃げ場がない。退却を知らないんですね、彼も、ぼくも。

内発性のない日本の革命

古林　ところで三島さんは、日本に革命が起こるというふうにお考えですか。

三島　これがまた天皇制にもどって古林さんには申しわけないんですが、ぼくがずっと考えているのは、どうして日本には内発的な革命が起きないか、という問題なんです。明治維新だって、黒船が来なければ起こらなかったでしょう。

土地改革だって、こんどの敗戦がなければ行なわれなかったでしょう。やらなきゃならないことがわかっていても、できないんです、日本人には内発的な革命は。それは天皇制があるからだろうかと、ぼくはまず考えました。次にはこう考えたんです。内発的な革命がないから天皇制は保たれてきたんだろうかと。逆の思考ですよね。ぼくの革命の問題は、いつでもそこに帰着するんですよ、最終的に。ニワトリが先かタマゴが先か、それはわからないんですね。わからないけど、そこに帰着する。

古林　ニワトリかタマゴかというなら、動物発生学的には個体発生は系統発生をくりかえしているのだから、タマゴが先にきまっているけれど、そんな比喩なんか詮索してみてもつまらない。要するに内発的な革命という観点に立つ限りでは、日本には革命はなかったし、これからも実現しないということですね。

三島　そうです。

古林　さっき共産党を信用しないとおっしゃっていたことは、それと関係があるわけですね。

三島　あります。共産党は日本という風土において、西欧的な漸進主義・修正主義・改良主義でもってジワジワやれば、議会主義的方法によって、いつかは政権がとれると思っている。政権はとれないまでも、社共の人民戦線内閣ができると思っているでしょう。そこに、日本にたいする根本的な認識不足があるとぼくは見ているんです。全共闘のほうが、まだ日本を知っていますよ。

古林　革命運動における移植観念性の傾向の発生は私も大きな問題だと思います。だが共産党の実体が三島さんの指摘どおりか、またそうでないかは、もっとよく考えてみるべきでしょう。いずれにしても、三島さんは全共闘の学生運動を革命政党の存在意義以上に高く評価しているわけですね。

全共闘と死の問題

三島　ところがね、ぼくは死の問題においては彼らに期待していませんよ。つまり彼らが革命のために死ぬかどうかという点を、ぼくはずっと注意して見てきたけれど、彼らは革命のためには死なないね。明治維新のときは、次々に志士たちが死にましたよね。あのころの人間は単細胞だから、あるいは貧乏だから、あるいは武士だから、それで死んだんだという考えは、ぼくは嫌いなんです。どんな時代だって、どんな階級に属していたって、人間は命が惜しいですよ。それが人間の本来の姿でしょう。命の惜しくない人間がこの世の中にいるとは、ぼくは思いませんね。だけど、男にはそこをふりきって、あえて命を捨てる覚悟も必要なんです。維新にしろ、革命にしろ、その覚悟の見せどころだとぼくは思うんだが、全共闘には、やっぱり生命尊重主義というか、人命の価値が至上のものだという戦後教育がしみついていますね。

古林　それは確かにそうです。安田講堂のあの事件でも、あそこで死者が出るんじゃなかろうかと私は非常に心配していました。ところが、幕切れはアッヶなく終って、あっさり降伏しましたよね。ところが降伏したから敵の側の、つまり日本の現体制の論理に屈伏するのかと思ったら、こんどは留置場の中でハダカになって裁判拒否闘争をやりはじめる。彼らの運動には、どこで負けたのか、その負けた時点が明確にできないようなところがある。

三島　あれは、ぼくもいちばん理解しがたいところです。だから全共闘について、ぼくはさっき好きだと言ったけれども、あそこにいくと、ぼくにはわからない。ちょうどあなたがぼくの天皇を理解できないように、ぼくには彼らがわからない。

古林　わからないけれど、私は三島さんのようにそれを否定的に評価してはいません。生命をだいじにするのは戦後教育の誇るべき成果だと思います。だが、その生命をだいじにする彼らが、なぜ玉砕主義の戦法に身をさらして危険にとびこむのか、それがわからない。

三島　ぼくは危険に徹しぬいて、最後には命を投げだすところまで、どうして思いつめようとしないのか、そこがわからない。

古林　いったいあれは無限にだらしがないみたいで、それでいながら思いがけないところでがんばりぬく——とにかく、へんな運動ですね。

三島　いまの戦後の子供のわからなさと一脈通じますね。ともかくわからない。

美学と原体験の結びつき

古林　石原慎太郎が『完全なる遊戯』を出したとき、三島さんが、これは一種の未来小説で今は問題にならないかもしれないけれど、十年か二十年先には問題になるだろう、と書いていたように記憶してますが……。

三島　あれは今でも新しい作品です。白痴の女をみんなで輪姦する話ですが、今のセックスの状態をあの頃彼は書いていますね。ぼくはよく書いていると思います。ところが文壇はもうメチャクチャにけなしたんですね。なんにもわからなかったんだと思いますよ。あの当時、皆、危機感を持っていなかった。そして自由だ解放だなんていうものの残り滓がまだ残っていて、人間を解放することが人間性を解放することだと思っていた。ぼくは、それは大きな間違いだと思う。人間性を完全にそうした形で解放したら、殺人が起こるか何が起こるかわからない。つまり現実に起こる解放というものは全部相対的なもので、スウェーデンであろうがどこの国であろうが、ルスト・モルト（快楽殺人）というものは許されない、人間が社会生活を営む以上は。そういう相対的な解放のなかでは、セックスというものは絶対者に到達しない。したがってパラドキシカルに言えば、戒律がないときには絶対に到達できない。だからカソリックというのはスゴイですよ、あれはもっともエロティックな宗教です。

古林　三島さんには一種の終末感の美学みたいな考え方があって、死が美に通じる――つまり自己否定が最高の至福につながるのだという特異な哲学があるんですね。この閉ざされた状況下における破滅志向という考え方は、三島さんに固有の美学であって、他の戦後派作家には絶対に見られない傾向だと思います。もっとも三島さんに独特の思考と言ったけれども、青少年期に戦争をくぐりぬけてきた末期戦中派のぼくらの世代には、戦時下の思考習慣の呪うべき遺産として、なんとなく心情的にわかる発想なんです。だから、わかるんだけれども、三島さんが無条件にそのことを肯定するのが私には心外だし、またその美学が三島さんの場合には生活の原体験と結びつかないで、架空の世界での論理に飛翔してしまうのがどうも……。

三島　そう、おっしゃるとおりです。ぼくはいちばんそれをおそれているんです。つまり原体験と密着できない論理が自分にあって、それが宙に浮いていったら、こんな大ウソはないですからね。そんなウソが通用するぐらいなら、全共闘の学生のほうがりっぱですよ、命が大事だと言っているあの連中のほうが……。彼らはともかく言行一致ですものね。

古林　私は三島さんの著作のうちでは、どういうわけだか人があまり話題にしない作品だけれども、『若人よ蘇れ』という戯曲がありますね、あれがひじょうに好きなんですよ。好きである理由は、あそこには他の作品とちがって、原体験と直接的に結びついた終末観の美学があるからです。これは、三島さんとしては不用意に見せてしまった素顔かもしれないんだけれども、とにかく末期戦中派世代の実感がすなおに出ていて、とても好感が持てました。

三島　ただね、あの芝居でのぼくのいちばんのモティーフは、限界状況下における恋人同士のありかたなんですよ。恋人たちは、あさってどこどこの公園で会いましょうと言うけど、ほんとに会えるかどうか、それはわからない。どっちかが空襲で死ぬかもしれないし、だいいち、その公園がなくなっているかもしれない。それだからこそ彼らは、私たちの恋愛は成就しているんだと考える。ところが戦争がすんだ。あさって日比谷映画で会いましょうと約束したら、その日には、ちゃんとそこで映画をやっていることはわかっている。これでは、もう恋愛はないと言う――あそこですよ、ぼくの書きたかったのは。それから、あれには、いろんな人物が群像として出てくるけれども、すべてリアルなスケッチなんです。あの頃には、ほんとうにああいう男たちがいたんです。寮の中で一所懸命に『資本論』を読んでいるのがいたし、その一方では大本教にこって、おがんでばかりいるやつもいました。ぼくは、そういう男たちを全部スケッチしたんです。でも、ぼくのいちばんの関心は〈明日がない〉という生き方なんで、当時の仲間の姿を記録することじゃありません。

古林　私は、しかし三島さんの計算外のリアルなスケッチに感動したんですよ。だが、やっぱりそれだけでもないかなァ。私としては三島流の美学に完全に乗せられてしまうことになるんで、日ごろの持論とも矛盾するし、正直に言ってシャクなんだけれども、とにかく感動しましたよ。清冽な印象でしたね、あの『若人よ蘇れ』は。それと芝居でもう一つ好きなのは、『近代能楽集』の中の「綾の鼓」です。鳴るはずのない綾の鼓を、女主人にだまされて鳴れば恋をかなえてやると言われ、懸命になって打ちつづける男のせつない努力――あれには、まったく心を衝かれました。

三島　それは、まるでぼくが天皇陛下を言っているのと同じじゃないですか（笑）。

天皇制を論議すると意見が衝突するけど、要するに古林さんもぼくもモティーフは同じですよ。

古林　『近代能楽集』の題材は、三島さんが戦争中に能に興味を持たれたのが動機とか……。

三島　そうです。戦争中、お能をよく見ていましたし、それから郡虎彦の「鉄輪《かなわ》」や「道成寺」「清姫」、あんなものが好きだったんです。それで、ああいうホーフマンスタールみたいな世紀末趣味じゃないやり方があるだろうと思って、自分でも書きだしてみたんです。

古林　『近代能楽集』の時期といえば、三島さんが現在のように、ロマンティックな天皇制信仰を告白できなかった時代ですね。ストレートに発言できないので、たまたま興味のあった能の世界に、おのれの見果てぬ夢を託した——率直に言えば逃げこんだということですか。

三島　そうですね。時期的に言えばそうです。あれは、ぼくとしても自信がある。ですから戦後体制がもっと強固に持続して、あなたのおっしゃる市民主義がすっかり定着してくれたほうが、ぼくは仕事がしやすかったですね。戦後のイデーがだんだんご破算になるにつれて、仕事がしにくくなりました。ある意味では小説家というものは、やっぱりネガティブなほうがよいんです。自分がポジティブになると、やりづらくってしようがないですね。だれでもそうじゃないでしょうか。

『宴のあと』裁判のこと

古林　戦後体制の破産うんぬんの発言については、にわかに承服しがたいのですけれど、作家がある意味ではネガティブでなければならぬという必要性についてはまったく同感です。そこで、私の目から見るとどうもポジティブであり過ぎる三島さんが、否応なしにネガティブにさせられた事件――例の『宴のあと』裁判について聞いておきたいのですが……。

三島　そうですね……。

古林　国家的秩序の不合理な暴力性というようなものは感じませんでしたか。

三島　ぼくはあの一件で、裁判というものを信じなくなりました。もう実にマヤカシものだと思いました。いい体験でしたよ。と言うのはね、あれがアメリカ式の陪審制度だったら、きっとぼくが勝っていたと思います、未だに。有田八郎さんには、『人われを馬鹿八と呼ぶ』という著書があるんですが、法廷で弁護人から「三島に署名入りで本をやったか」という質問がでた。有田さんが、「とんでもない、三島みたいな男にだれが本なんてやるもんか、だいたい鷗外や漱石のような作家ならともかく、そこらの三文文士なんかに……」「確かに本なんか差し上げませんね、もしやっていらっしゃったらある程度三島の作品を認めたか、あるいはよく書いてもらいたいというお気持ちがあったと考えてよろしいですね」「そのとおりですよ。もしやっていたらそう思われるのも無理はありますまい」「で、おやりになりましたか?」「絶対、そんな馬鹿なことをするわけないじゃないですか」そしたらこっちの弁護士がスーッと出したんですよ、「三島由紀夫様、有田八郎」という署名本を、ぼくは持っていたんですよ(笑)。傍聴席も驚いていましたよ。だから、あの時点でね、もし陪審制度ならばきっと勝っていたのに相違ない。しかし裁判所の判断は違うんですね、つまり有田さんがご老体であることやら、その社会的地位やら、名声やら、その他いろんなことを配慮するんですね。そんなことは臆測したってしようがありませんが……。

古林　法曹界には、いまだに政治を第一義的なものと考えて、文学などは二義的な遊びだという意識が強いんでしょうね。

三島　強いですね。裁判官がね、「有田さん」と呼ぶんですが、ぼくには「三島」と言うのです。民事訴訟ですから、原告・被告はまったく同格であるべきなのに、刑事訴訟のように「三島」と呼び捨てなんです。ときどき気がついて「三島さん」と言うんですが、すぐにまた「三島」になっちゃう。(笑)

古林 文学者の社会的地位は戦後になって目ざましく向上したと言われていますが、やはりまだ放蕩無頼の徒と見られているんですね、体制の内側にいる権力者たちからは……。

三島 これは国家と文学の永遠の問題でしょう。口ではうまいことを言いますが、腹の中じゃそうですよ。

古林 その話を聞いていて、武田泰淳さんが『文学的立場』の座談会でしゃべっていたことを思いだしました。泰淳さんは、ソルジェニーツィンは幸福ではないかと言うんです。一作家の小説を、あの強大なソビエトの国家権力がなりふりかまわずに潰しにかかった――これは、国家権力がそれほど一作家、一作品というものを重視している証拠ではないか。日本では作家が何を書こうと、政治家どもは鼻もひっかけてくれない。だいいち読んでくれているのかなァと、これが泰淳さんの嘆きのタネでした。

三島 そのとおりです。小説なんてオンナ子供の手なぐさみだという考え方、これは徳川時代の発想そのままですよ。ところで、ソルジェニーツィンについて話しておきたいのですが、いいですか。

古林　ええ、どうぞ。

ソルジェニーツィンと小説の運命

三島　ぼくがソルジェニーツィンの事件について興味を持ったのは、小説の運命ということだったんです。小説は十九世紀にことに発達しましたから、小説の基盤となる自由という観念は、もともとニュートラルな自由、ネガティブな自由、人間性でこれだけのことは主張できるというギリギリの線の自由、つまり根底的にはフランス革命の基本的人権につながってゆくような、そうした性格を備えているわけですよ。そうすると、ソビエトの国家体制内における自由とは何か、という疑問が出てきます。昔は支配階級があり、権力が世襲的に存在していた。いまでは人民が自己の自由において政権をえらび、理想的には労働者独裁という形で共産主義国家を作っている。つまり国家の成り立ち、政治体制の成り立ち自体が、すでにポジティブな自由によってできあがったものなんです。だからソビエト国家は、ポジティブで公的な自由の体現そのものと考えられる。共産主義体制内では、私的な自由、ネガティブな自由、ニュートラルな自由というものは、おのずから二次的にならざるを得ないんです。私的で、ネガティブで、ニュートラルな自由は微力だけれども集団の暴走をくいとめることができます。ポジティブな自由では歯止めになりません。だからぼくは、あの国でスターリニズムが出現したというのは必然的な産物だと考えるわけです。

古林　私は大学でロシヤ文学を専攻したのですが、この対談では、よくロシヤ史やロシヤ文学の講義を対談相手から聞かされるハメになります（笑）。椎名さんのときにも、チェホフについて懇切な講義をうけました（笑）。でも、いいですよ、つづけてください。

三島　ソビエト国家の成り立ちがそうだとすると、そういう国家の中における小説とは何か。ネガティブな、あるいはニュートラルな自由を主張することが、果たして知識人の良心なんだろうか。たとえばソビエトの暗黒面を敵側の自由諸国に伝える行為があったりすると、日本の文化人などは、すぐそれを良心がある、勇気があると誉めそやす。でも、ぼくは、いったいそれが知識人の良心なんだろうか、と疑問に思うのです。その知識人はソビエト体制を認め、認めないまでもその国家の中で暮らしているのでしょう。当然、ニュートラルな、あるいはネガティブな批判は国家に吸収されるべきもの、ポジティブな自由の中に発展的に解消すべきものですよ。ソビエトの論理とは、こういうことじゃないですか。

古林　いや、三島さんからこんな話を聞くとは予想もしていませんでした。

三島　ところが自由主義国家では、この時代遅れのニュートラルな批判者を見つけると、たちまち、あそこにおれ達の味方がいる。おれ達と同じ自由の観念の持ちぬしがいて、それがソビエト体制を内側から批判している。立派じゃないか。あれこそ知識人の典型だ。良心的だ、と大騒ぎをする。だけども、良心的な作家という概念がすでに、まあ、ある意味じゃ階級的ですよね。つまり自由諸国の側の既成概念そのものにすぎないんです。そういう偏見にとらわれた連中が、ソルジェニーツィンを誉めたたえたり、ノーベル賞をやったりするんですから、誉めれば誉めるほど、自由の本家本元は怒りますよ。ソビエト政府が腹を立てるのは当然です。

社会主義国における芸術

古林　私はソルジェニーツィンの作品が好きなんですが、それでは三島さんは社会主義段階での小説はどうあるべきだと考えているのですか。

三島　ぼくは理想的に言えば、共産主義国家においては小説は無くなるべきものだ、と思うんです。そういう私的な作業ではなく、叙事詩とか劇などのような集団的な制作、あるいはページェント、またはモニュメンタルな彫刻や建築、それで十分じゃないですか。それは二度目のゴシック時代なんですよ。ゴシックというのは無名の建築家たちが大勢で長年にわたって作ったものでしょう。ゴシックは集団芸術で、そこには個人の自由とか、芸術家の自由とか、そんな十九世紀的な薄っぺらな理念は一つもなかった。それでいて、すばらしい芸術が残ったんですからね。ぼくはソビエトや中国で、いますぐ私的な、ネガティブな芸術が無くなるだろうなんてことは言ってやしない。しかし、方向としては集団的な制作に向かうべきだと思うんです。だから、たまたま十九世紀にできた小説に、つまりネガティブな自由にしがみついている男が見つかったからといって、その男を賞賛することに果たして意味があるのかどうか、とっても疑問に思うんですよ。彼が国家権力からいじめられるのは当りまえ、とも言えますからね。

古林　資本主義が高度に発展して金融独占という段階に入ると、社会主義との区別が外見上つけにくくなりますね。金融独占資本主義の経済の仕組みは、その頂点の部分を社会主義権力にすげ代えるだけで、あとの形態はそのままで社会主義経済に移行できます。ちょっと乱暴な理論ですが、そうだとすると三島さんがいまソビエトについて言われたことは、つまりはアメリカや日本の小説についての危惧、ということになりませんかね。

三島　ぼくもそう思うんです。小説というやつは、どっちみちダメになるんだと思います。資本主義国ではネガティブな自由、ニュートラルな自由を国是というか、寄って立つ理念としていますよね。自民党政府でもそのつもりでいるでしょう。そういう自由は、いまでは八百屋のおやじさん、魚屋のおかみさん、タバコ屋のおばあさんなどに等分に与えられていますね。小説家も、八百屋や魚屋と同じなんです、民主主義ですから。芸術家の特権というけど、そんな特別な自由なんかありませんよ。ただ魚屋はサカナを売ってもうける自由、小説家は作品をひねり出して売る自由というように、使い道がちょっと違うだけです。現代は自由を画一化して、異質の自由を無くしてしまったんですね。セックスまでがそうです。フリー・セックスと言うけれど、つまりは皆に同じ一杯のお茶しか与えられないということですよ。

古林　現状では、ネガティブな自由の行きづまりの打開が思想的・政治的にはほとんど不可能でしょう。そこで日常生活の側面からの打開でも、というわけでマイ・ホーム主義の限界をウーマン・リブで衝き破ろうとする動きもあるのですが、これは……。

三島　バカの骨頂ですね。

古林　その一言ですか。（笑）

三島　女が女であることを否定したら損だということが理解できないんですからね。ただバカな女どもですよ。

古林　私もウーマン・リブを肯定するわけじゃないんですが、社会矛盾が耐えられぬまでに山積すると、その重荷を最底辺で支えている連中が衝動的な反逆に立ちあがることがあり、このさい戦術的に愚劣な試行錯誤がなんどもくりかえされる、ということは止むを得ないと思うんです。コメ騒動における富山県の漁民のおかみさんたちの一揆的な打ちこわし――あれなんか良い例ですよ。だから愚劣な抵抗だからといって、ただ戦術面からだけの観察で罵倒はしたくないんです。しかし、ウーマン・リブの場合は、どうも女子大生の跳ねっ返り的なお遊びという傾向もあるようなので、私もあまり好感は持っていません。ただ、あんな運動でもある程度までの共感を獲得できるほど、それほど現段階におけるマイ・ホーム主義は急速に凋落したんでしょうかね。

三島　ぼくは一夫一婦制というのは、十年以内に崩壊すると見ています。十年じゃ早すぎるとしても、二、三十年のうちには崩壊するでしょうね、すくなくとも自由諸国では。

古林　一夫一婦制は女性の根源的な巣づくりの要求に根ざした男女の共同生活の最小単位でしょう。それが、そんなにかんたんに崩壊しますかね。

三島　ぼくはそう思います。いまセックスの革命がいちばん足が早いですからね、あらゆる変革の波の中で……。

ニーチェから受けた影響

古林　たしかに離婚は増えているようですが、それは女性の経済的な能力の向上と関係があるんでしょう。ところで、だいぶ文学の話題から遠のいたのでここらで、本来の話にもどりましょう。こんど田坂昂という人の『三島由紀夫論』（風濤社）が出ましたね。私の好みから言えば野口武彦さんの『三島由紀夫の世界』（講談社）のほうがおもしろいのですが、その田坂さんが三島由紀夫とニーチェの関係、またそのディオニソス的側面について書いている部分には興味をそそられました。三島さんはあの本を読みましたか。

三島　あれは、ぼくが田坂さんにすぐ手紙を書いたくらい嬉しかった本です。一部では、田坂さんに独自の見解がない、というような批評も出ているようですが、ぼくにはどの評論よりも嬉しかったですね。ニーチェとの関係について言えば、ぼくのいちばん好きなのは『悲劇の誕生』です。あんなに楽しくて、心をおののかせてくれる本というのは、ほかにはありませんね。ぼくは無意識のうちに、ずいぶん影響を受けているると思いますよ。それで、ニーチェですが、彼がギリシャにおけるディオニソス的な世界を発見するまで、ギリシャと言えばアポロン的なものだけが考えられていたわけです。つまり、ゲーテのころ、ヴィンケルマンのころ、ヘルダーリンのころの時代までは一元論的なギリシャですが、ニーチェが出現して初めて二元論的なギリシャが成立した。ぼくはこの二元論的なものが、ヨーロッパの影響としていちばん本質的に根づいてしまったんです。もともと日本人というのは、非常に二元論的な考え方を嫌うタチなんです。でも、よくさがしてみると、文武両道というようなおもしろいことも言っている。これはもうニーチェだと思ってね（笑）、つまり、日本的リアリズムというものをぼくは考えるようになったんです。日本人はなんでも一つにしちゃうんですよ。一つにするのは結構なんだけれど、こんなに世の中がすべて相対主義になってくると、一つにするという考え方自体が、もう相対主義の中に完全に埋没されてしまうんです。いくら絶対者だ、一つが良いんだと主張してみても、その声自体がすぐさま相対化されて、世論のたんなる一側面ということにされてしまう。それでぼくは、こういう世の中だからこそ、かえって強烈な二元論や、強烈な相対主義というものが一方に無ければ、絶対の主張が不可能なんだという思想的な緊迫感をいだくようになったわけです。それがぼくの文武両道であり、ニーチェイズムであり、西欧世界なんです。

古林　矛盾をかかえこむのならば、弁証法でもよいわけでしょう。

三島　ぼくの西欧は、つまり構造的な世界なんです。せり持ちという建築様式がありますよね。アーチなどがそれですが、これは西欧が発明したもので、片方だけだと傾いてしまうが、左右から両方がもたれかかっていると強固なバランスを保ち得る。ぼくの芝居や小説は、このせり持ち的な構造によって支えられているのです。

古林　なるほど。弁証法は運動の理論で、時間の移動と共に矛盾が本体に綜合されてゆくから、そのせり持ちにはならないんですね。

「豊饒の海」のモティーフ

三島　ぼくは、日本人にはこのせり持ち的な構造力が貧困だと思います。構造力がないということは、要するにリアリズムがはっきり把握されていないということですよね。そこでぼくは、いつも矛盾し対立している概念というものを自分が持っていたい、と考えるようになりました。ぼくは絶対者である天皇が必要だといつも主張していますが、これにしたって、絶対者が君臨していたとしても、芸術のほうは相対的なものだと思っているわけです。天皇陛下という絶対者にたいして、ぼくの小説は、どうしても溶けこめない——この、どうしても到達できないというところにしか、ぼくの芸術は存在できないと思っているんです。

古林　さっきの永遠に見果てぬ夢、鳴るはずのない「綾の鼓」を打ちつづけるせつない努力——あれですね。

三島　そうです。絶対者に到達することを夢みて、夢みて、夢みるけれども、それはロマンティークであって、そこに到達できない。その到達不可能なものが芸術であり、到達可能なものが行動であるというふうに考えると、ちゃんと文武両道にまとまるんです。到達可能なものは、先にあなたのおっしゃったように死ですよね。それしかないんです。だけど芸術の場合は、死が最高理念じゃないんですよ。芸術というのは、もうとにかく生きて、生きて、生き延びなければ完成もしないし、洗練もしない。だけど行動となると、十八歳で死んだってよいんだからね。そこで完成しちゃう。ぼくは、ただ為すこともなく生きて、そしてトシを取っていくということは、もう苦痛そのもので、体が引き裂かれるように思えるんです。だから、ここらで決意を固めることが、芸術家である生きがいなんだと思うようになったんです。それはいま書いている「豊饒の海」のモティーフでもあるんで、あの作品では絶対的一回的人生というものを、一人一人の主人公はおくっていくんですよね。それが最終的には唯識論哲学の大きな相対主義の中に溶かしこまれてしまって、いずれもニルヴァーナ（涅槃）の中に入るという小説なんです。

古林　あの小説が生まれかわり物語の様式をとっているのは、そうすると高度な相対主義への共感というか、あの到達不可能な芸術の宿命に徹するというか、そういう三島さんのイデーを作品化するための便法ですか。

三島　そうじゃなくて、絶対主義的なものを各巻で描いているんです。それが結果として最高の相対主義——それは唯識だと思うんです——に溶かしこまれて行くのです。唯識はもちろんですが、一般的に仏教というものは「色即是空、空即是色」ですからね。けっして「色即是空」だけじゃなくて、ちゃんと「空即是色」とかえってきちゃう。ことに大乗仏教は必ずかえってくるんですよ。かえってばかりいたら、グルグル回っちゃってしようがないんですけど、ほんらい仏教って、そういうものでしょう。こんな考え方は、たとえばある行動理念をいだいて、まっしぐらに対象にぶつかって行く人間には、ジャマそのものですよね。だから日本では、行動哲学と仏教との唯一の調和点として、サムライたちが禅というものを見出したんでしょう。禅は仏教世界における異端の思想ですよ。ここには行動者の理念と結びついている教義があるんです。しかし禅以外の仏教は、ぜんぶ行動理念のまえに立ちはだかって、行動の決意をあいまいなものにしてしまうんです。

古林　私は宗教問答はニガテなんで、すぐに印象批評を述べさせてもらうことにしますが、あの「豊饒の海」は一つ一つの巻はおもしろいのに、作者が生まれかわり物語としての布置結構をむりに整えようとしているものだから、そこで感興がそがれてしまうのです。どうしても、生まれかわり物語にしなくてはいけなかったのですか、あのモティーフは。

三島　まあ確かにご指摘のようなこともあるでしょうが、あれには技術的な理由もからんでいるんです。ぼくはクロニクル（年代記）ふうの小説は、もう古いと思ったんです。おじいさんがどうした、おばあさんがどうした、おとうさんがどうした、お兄さんがどうした、私がどうした、子供がどうした——こんな書き方は、もう飽き飽きしているんです。ところが生まれかわりを使えば、時間と空間がかんたんにジャンプできるんですね。作者の小説技法としては便利ですよ。それから生まれかわりというのは、小乗仏教的に扱っていますからオトギ話になっちゃうので、生まれかわり哲学というのを、もう一度メタフィジックにこねかえしてみました。それが第三巻の前半なんです。だから第三巻の前半はとても評判が悪いんですよ。

古林　ええ、私も閉口しました。それで、作者はずいぶん無理をしているな、と同情するようになったんです。（笑）

三島　でも、あれは初めから頭にあったんです。あそこで生まれかわり哲学をブッておかないと、第四巻がわからなくなってしまうんです。第四巻では、もうなんにも説明なしに、ただエピソードだけが羅列されているんですよ。この第四巻の世界は、第三巻の前半が前提にならなきゃ展開できない性質のものなんです。だから、ぼくは読者に目をつぶってもらって、第三巻の前半でギューギュー思弁的なことを聞いてもらい、それを一度忘れてもらって、第四巻ではカタストローフまで一気に読んでもらおう、という気があったんです。最後まで読んでいただくと、その意図がわかってもらえると思うんですがね。

敗戦直後における世代的つながり

古林　ところで話は変わりますが、私はこれまで三島さんの悪口ばかり書いてきています。その悪口を述べているものの一つなんですが、『文学的立場』の主催で、「対決の思想」というシンポジウムを開いたことがあるのです。私はその基調報告で三島批判をやっているんですが、あとの討論会で平野謙さんにからかわれましてね。「おい古林君よ、おまえさんは三島の悪口ばかり言ってるけど、本心は好きなんだろう。好きなら好きだって、あっさり告白したほうがよいぜ。そのほうが論理のツジツマが合うんじゃないかね」って。おそらく私の報告の歯切れの悪さに、あの慧眼な平野さんの神経のアンテナがピーンと反応したんでしょうね。コンチクショウと思ったけれど、よくよく考えてみたら、そのとおりなんです。それから先日、『図書新聞』のN君と三島由紀夫展の話をしていたとき、彼が「古林さんは三島さんの本をずいぶん持っているんでしょう」と言ったけど、持っているなんてものじゃなくて、持っていないのを数えた方がうんと早い。無いのは『夜の支度』と『アポロの杯』だけ。それから『夜の向日葵』が買ってあるはずなんだけど、いま手もとに見あたらない。豪華本や特製本を集める趣味はないので、それは無いけれども、とにかく知りあいの古本屋が見つけて百万円でそっくり買いとりたいと言いだしたくらいですよ。

三島　すごいですねぇ。その三冊は、とくにどこにもない本なんですよ。

古林　それだけの分量の本を意識的に集めたわけじゃないんです。読みたいから買い求めているうちに自然にたまりました。だから、平野謙さんの挑発を退ぞけて、いまさら三島由紀夫が嫌いだと言い張ってみたところでしようがない。だから正直に告白するけれども、好きです。とくに『金閣寺』時代に興味があります。しかし、天皇制に関する三島由紀夫の思想だけは、どうしてもいただけない。（三島氏、高笑）三島由紀夫を思想・文学・人間というふうに分割すれば、文学は好き。人柄もまあ憎めないほう。だが、思想だけは願い下げにしたいというのが本心です。（笑）

三島　やっぱり女でも、すっかり身をまかしてしまうと飽きられて、嫌われますからね。つまり、ぼくも一ヵ所ぐらいトゲを残しておかないと、古林さんに飽きられちゃいますのでね（笑）。だから、なんでもおれの言うことを聞く女だと思われちゃ困るから、今日はいろいろ説得されたけど、やっぱりぼくの思想はこのままにしておきます。それで、その嫌われるトゲの話になるんですが、ぼくは蓮田善明さんという人は好きだな。この間も小高根二郎さんの『蓮田善明とその死』（筑摩書房）を読んでいて、何度か涙がこぼれそうになりましたよ。ほんとにいいなァ。

古林　それについては戦後、私などは三島さんと違って、意識的に保田與重郎や蓮田善明の世界から離れようと努力しましたからね。三島さんにはそれがなかった。私の周辺にいた連中は、大なり小なりそうした努力をつづけていたから、私には保田や蓮田と切断するのが自然であって、それと切断しなかった三島さんのほうが奇異に見えるのです。切断しなかったということは、つまり三島さんには戦後がなかったということになる。これは冒頭の質問へ立ちもどるわけですが、そこのところがどうも理解できません。わからないんですね。

三島　でも古林さん、それをわからないとおっしゃってはいけないんじゃないでしょうか。ぼくにも、切断しようと努力したというあなたの気持ちは、わからない。つまり自分が十代までに考えたことがダメだなんて、そんなことを思う自分自身がぼくには許せない。偉そうに言えば、そういう気持ちがぼくにはあります。あなたとぼくは、お互いにわからない、わからないと言いあっているけれども、それは遥かに過去の、つまり昭和二十年、二十一年、二十二年ごろの、あの混乱と動揺を重ねた暗い時期に、心の針のフレ方がちょっと右に傾むくか、左にゆれるかで食い違ってきた現象にすぎないと思うんです。古林さんとぼくの間は、きっと根がこんなふうにつながっているはずですよ。

古林　ウルトラ・ナショナリストと見られている三島由紀夫と根がつながっているというのは迷惑だし、心外だけれども、敗戦後すぐの時点に限って言えば、おそらくつながっていたでしょう。『金閣寺』までの三島さんを私がとくに好きなのは、おそらくその「根」のせいなんで、もしあの時点で『文化防衛論』が書かれていたとしたら、もう絶対に好きになどなっていなかったでしょうがね。

三島　そのおなじ心情に立っていたのが、片方はパーンとこちらに、他方はパーンとあちらに突っ走ってしまった……。

古林　『若人よ蘇れ』では、ふたりとも完全に一致した世界に住んでいたのに、ね。

三島　そう、あれは世代的な一つの共同生活ですよね。

戦後は余生

古林　おそらく、その共同生活の心情に属することだと思いますが、私は戦後、ずっと余生という気がしています。

三島　それはぼくの内部にもやっぱり強く巣くっているなァ。

古林　そうですか。やはり余生という意識がありますか。

三島　いまだにあります。それで、お恥ずかしい話ですけれどもね、ぼくは軍医の誤診で兵隊から即日帰郷でかえされてきて、そのときに遺書を書きました。天皇陛下バンザイというその遺書の主旨は、いまでもぼくの内部に生きているんです。だから死ぬとき、もう遺書を書く必要はない。ぼくは人間って、そう何通も遺書を書けるもん

じゃないと思う。あれを書いたときのぼくは子供だったが、もう二十にはなっていた
んだから、あの時点で自分のすべてを自覚的に注ぎこめたと思うんです。もち
ろん、あの時代特有のふんい気、少年らしい気どりやミエ、それから世間体もあった
でしょう。ですけど、遺書を書いちゃったんですからね、自分の意志で。ぼくは、あ
れから逃れられない。いつでもそう思っています。だから余生です。

古林 私の場合は海軍のパイロットで――といっても、特攻隊には直接の関係はあり
ませんでしたが、とにかく二年間、主として内地の基地航空隊のメシを食っていまし
た。最近、いろんな記録やら写真集が出版されるでしょう。あれの巻末によく特攻隊
員の名簿なんかが掲載されていますね。あそこに知っている名まえがずいぶん出てく
るんですよ。ああ、この中尉とは南九州の国分基地でいっしょだったな。この上飛曹
には佐世保でタバコをもらったな、と記憶がひとつひとつよみがえってくるんです。
いまだに、いたたまれない気持ちですね。どうしてこの男が死んで、ここに私が生き
残っているんだろうかと、そんなことを考えると、いたたまれない気持ちになります。
私が生きているのはたんなる偶然なんです。あいつがおれのかわりに生きてたとした
ら……と、思うたびに、戦後の二十五年は一挙に空白となって、戦争下の記憶へたち
まちショートしてしまうんですね。

三島　その気持ちはよくわかります。ぼくも、だから、たとえば「最後の特攻隊」なんていう映画は、絶対に観にゆきません。学生なんかは喜んで観てるようですが、ぼくはヤクザもの映画なら出かけるけど、「最後の特攻隊」なんてのは観たくない。
古林　私も観たくありませんね。それにウソのような気がするんです。死に直面した人間は、あの種の映画のように大げさな身ぶりで悲壮がったりはしないものですよ。

『きけわだつみの声』の偽り

三島　そうですね。ただ同時にぼくがウソだと思ったのは『きけわだつみの声』でした。あの遺稿集は、もちろんほんとに書かれた手記を編集したものでしょう。だが、あの時代の青年がいちばん苦しんだのは、あの手記の内容が示しているようなものじゃなくて、ドイツ教養主義と日本との融合だったんですよね。戦争末期の青年は、東洋と西洋といいますか、日本と西洋の両者の思想的なギャップに身もだえして悩んだものですよ。そこを突っきって行ったやつは、単細胞だから突っきったわけじゃない。やっぱり人間の決断だと思います。それを、あの手記を読むと、決断したやつがバカで、迷っていたやつだけが立派だと書いてある。そういう考えは、ぼくは許せない。

〈きけわだつみ〉の像が京都でひっくりかえされたが、ぼくは快哉を叫びましたね。ぼくは一面的な考え方はどうしても嫌いなんです。

古林 〈きけわだつみ〉の像の破壊については、その乱暴な行為のほうをむしろ一面的だと非難すべきでしょうね。遺稿集について言えば、私も三島さんとは違う意味で、あそこに偽善のにおいを感じています。私は海軍しか知らないんですが、日本海軍の将校というのはイギリスの伝統を模倣していて、つまり貴族の習慣が持ちこまれていたんです。下士官兵はもうケダモノ扱いですが、将校となると予備学生出身の予備士官でも、とにかく神様に近い存在でした。そういう軍隊機構の中における自己というものへの反省があそこには出ていなくて、下士官兵から見れば専制君主であった予備士官どもが、あそこでは被害者感覚だけを露出している。私にはそれがひどく不自然に見えるんです。梅崎春生さんなどは死ぬまで兵士体験をだいじに温めていましてね、たとえば阿川弘之さんにたいしては、ヤツは阿川大尉なんだからなァと常に抵抗感覚を持ちつづけていました。もと海軍大尉だから何でもかでもダメだと言うんじゃないのです。大尉だった人でも、軍隊機構の内部における自分のありようを正確に認識し、そこから戦争批判なり軍隊批判なりを展開してくるのだったら、それでもよいんです。それを加害者集団の末端に連なっていた予備学生が、自分を戦争の犠牲の悲惨なイケニエのように見立てて、被害者意識だけを売りものにしているのが、恥ずかしいし、それに気にくわないんですよ。

三島　でもね、逆の例もあるんですよ。吉田健一さんみたいな貴族がね、水兵になったんだけど、この水兵さんはちっとも兵隊感覚なんか持ちあわせていない。戦後になったら、すぐまた貴族に逆もどりですよね。貴族といったって貧乏でね、あの人は。借金してお酒を呑んでるんです。でも貴族ですよ。だから人間は、いちがいに言えませんよ。それから最初の話題にもどりますがね、古林さんは戦後体制の危機ということをひじょうに案じていらっしゃるけど、ずいぶん安心な点もあるんですよ。防衛大出身の三尉たちと話していましたらね、これは個人的見解でしょうが、彼らは平然として言うんですよ。われわれはまったく職業的軍人であって、技術者であり、ニュートラルなんだと。だから共産政権ができたって、軍隊は必要なんだし、そのときには喜んで赤軍になりますって。それが、いまの防衛大の教育理念の根本なんですね。

古林　それは戦後教育のすぐれた成果ですね。（三島氏、苦笑）でも、その連中の理念は旧海軍と似ている点もありますね。私らの世代は中学で軍人勅諭やら皇国理念やらをガツガツ頭から叩きこまれているでしょう。海軍に入ったら、もっと猛烈に精神教育をやられるだろうと覚悟していたんです。ところが入隊してみたら、軍人勅諭を暗誦できるヤツなんか一人もいない。お正月になると号令台前に隊員一同を整列させて司令が軍人勅諭を読むんですが、それが三ヵ条で終ってしまうという始末なんです。へんだなァと思って注意して手もとを見ていたら、部厚い勅諭の綴りを四、五ページずつバサッ、バサッとめくって、適当にとばし読みをやっているんです。ある意味では、要領を重んじていた海軍のほうが、こわい隣保班長がニラミをきかしていた隣組よりも精神的に自由だったんじゃないか、というような気がしています。

三島　海軍は昔から文明開化ですものね。

古林　野外演習に行っても、主計科が必ず同行してメシを作ってくれる。暗号班なら、朝から晩まで暗号の解読だけをやっていればよい。整備の連中にしても、燃料担当の下士官に計器の不調のことをたずねてみても何にも知らない。写真班など、新聞社のカメラの連中と大差はない。新聞社ほど多忙でないだけ、むしろ気楽な配置といえるかもしれない。とにかく徹底的に分業化した技術主義でしたよ。

三島　戦後、山本五十六が英雄になったのは、そういう技術主義的英雄だったからですよ。陸軍の持っていた暗い精神主義は、アメリカ的理念では理解できないんだよね。戦後は全体として福沢諭吉の体系だから、海軍はそこにスルッと入りこめる。ただ陸軍がどうしても入れないんだ。それでぼくはやっきになっている。

古林　〈楯の会〉は陸軍ですか。(笑)

三島　どろ臭い、暗い精神主義——ぼくは、それが好きでしようがない。うんとファナティックな、蒙昧主義的な、そういうものがとても好きなんです。それがぼくの中のディオニソスなんです。ぼくのディオニソスは、神風連につながり、西南の役につながり、萩の乱その他、あのへんの暗い蒙昧ともいうべき破滅衝動につながっているんです。

物理法則に支配される人間精神

古林　三島さんのそういう心情は、フロイド流の解釈が成り立つんじゃないですか。三島由紀夫展にも出品されていたけれど、通信簿で、体育の点数だけがうんと悪かったでしょう。

三島　教練はいつも「上」ですよ。

古林　威張ったってダメです(笑)。私の成績表と似てるんです。私も体育がペケなんですよ(笑)。この体育がダメだというのが、後あとまで非常なコンプレックスとなって……。

三島　そうです。なりますね。

古林　子供時代は、体格が良くて、力持ちで、喧嘩の強いやつが英雄ですからね。発育不良の腺病質で、飛び箱も自由に飛び越せなかった私などは、まあ日蔭の花みたいなもんでしてね。ほんとに、つらかった。三島さんもそうでしょう。

三島　そういうことが言えるかもしれませんね。人間には劣等補償とか過剰補償というのがあるでしょう。心理学を借りるまでもなく物理的法則でも、一方の電圧がうんと下がると、ジューッと充電する。反対に過剰に充電しすぎると、電流が反対のほうに流れる。あれですよ。ぼくは人間の感情や精神というのは、ほとんど物理的法則に支配されていると思うんです。だから少年時代の劣等意識がいまになって過剰期待にふくれあがったって、それは当然なんですよ。それを抑制するのがインテリだと世間では思っているらしいけれども、ぼくは、それが気にいらないんです。人間はバカですから、こっちが低くなるとこっちへ足す、あっちが高くなるとこっちを低くする——それがふつうの人間のやることですよ。たとえば、この机がガタガタすると脚を一本切る。ウワーッ、こっちが低くなったと、そっちの脚を切る。また、そっちが低くなったと、あっちを切る。こうして机はだんだんに脚がなくなっちゃう。これが人生じゃないですか。ぼくはいま、ちょうどその机の脚がなくなっちゃう段階にきているんです。

次のプランは何もない

古林　この対談は非常におもしろい。私が予想していた以上に、すこぶる興味が湧いてきました。だからもっとつづけていたいんですが、もう予定時間を一時間半も超過しました。残念だけれども、そろそろ打ち切りにしなければならないので、それでは今後の日本文学についてどう考えておられるか、締めくくりの意味で感想を聞かせてください。

三島　ぼくは自分をもうペトロニウス（ローマ皇帝ネロの側近で、『サチュリコン』の作者）みたいなものだと思っているんです。そして、大げさな話ですが、日本語を知っている人間は、おれのゼネレーションでおしまいだろうと思うんです。日本の古典のことばが体に入っている人間というのは、もうこれからは出てこないでしょうね。未来にあるのは、まあ国際主義か、一種の抽象主義ですかね。安部公房なんか、そっちへ行ってるわけですが、ぼくは行けないんです。それで世界中が、すくなくとも資本主義国では全部が同じ問題をかかえ、言語こそ違え、まったく同じ精神、同じ生活感情の中でやっていくことになるんでしょうね。そういう時代が来たって、それはよいですよ。こっちは、もう最後の人間なんだから、どうしようもない。

古林 しようがないなんて、三島さんらしくもない弱気な発言ですけど、まさか「豊饒の海」で終りというわけでもないでしょう。

三島 まあ、それは終りかもしれないね。わからないですね、いまのところ。次のプランは何もないんです。もう、くたびれ果てて……。

古林 まさか、あなたが、ね（笑）。戯曲の仕事はどうですか。

三島 もう、いやになっちゃったですね。ぼくの言いたいことは、『わが友ヒットラー』と『癩王のテラス』でぜんぶ言いつくしましたよ。形式上の実験は『サド侯爵夫人』ですんだし……。

絶望的な歌舞伎の世界

古林 歌舞伎はどうなんですか。

三島 歌舞伎はもう絶望的ですよ。役者が言うことをきかなくてね。あの世界では役者が完全に堕落していますのでね。

古林　私は国立劇場に『椿説弓張月』を観に行きましてね、実は三島由紀夫が滝沢馬琴の読本を踏まえて新たな構想で書き下ろした作品だというので期待して出かけたんですよ。伝統的な歌舞伎の様式美の中に何か新しいものが出現するだろうと思って。ところが幸四郎も猿之助も訥升も、やっぱり家伝の型から一歩も出てはいないんですね。全体の流れを無視して、勝手にしゃべり、勝手にミエをきっている。大船や怪魚の仕掛けなど、お客の喜びそうなスペクタクルの場面が多くて、シロウト受けがするような芝居になってはいましたけど、どうもあれではね……。

三島　どうにもならん。ぼくも手こずってね。まあ自分の演出力の貧困を告白するようなものだが、どうにもなりませんね。

古林　あの家伝の芸のパターン化という現象——あれは三島作品に限ったことじゃないんで、今日の歌舞伎の世界ぜんたいが演出不在なんじゃありませんか。

三島　というより、ぼくがダメだったんでしょう。ぼくとしては最大のエネルギーを注ぎこんだのですが、あれがリミットでしたね、どうにも処置なしです。

古林　逆に言えば、脚本がどんなにいいかげんでも、常にあるレベルの芝居を提供し得るということでもあるのでしょうね。

三島　そうなんです。むしろ脚本がラフなほうが良い芝居ができるんです。

古林　そうすると、新劇がダメで歌舞伎が絶望では……。
三島　希望が持てそうなのは新国劇です。新国劇なら書いてやろうかなと、思ってるんですよ。すくなくとも連中は立ち廻りはうまいのでね。たとえば歌舞伎の演出をやっていますとね、義太夫のフシづけの中にポテチンというのがあるでしょう。そこでクライマックス、はい、ポテ、チン！　となるわけだ。そこで決まらなきゃいけないんです。古典歌舞伎では、そのポテチンのところで、役者がいちばんの見せ場をつくるんですよ。それがね、何度注意しても、ポテチンがはずれていくんです。同じ口説きの場面で、毎日、同じ役者がやっているんですよ。それだのに、ポテチンの箇所がやるたびに変わってしまうんです。いくら「そこでポテチン」と怒鳴ったって、そこではポテチンしないんですよ。それで初め、ぼくは役者が逃げているのかと思ったんです。だが、そうじゃなかった。いいかげんなんですよ。歌舞伎俳優が、フォルムという形式美を生みだす意欲を完全に失っているんだな。だから古典を模作しようと思っても、ダメなんだな。だけど新国劇では救いにならんし、やっぱりどこにも出口がないなァ。
古林　そんな意気地のないことでは困りますね。私はこう思うんですよ。もし相撲というものがなかったら、大鵬はどうなっているだろうか、と。きっと北海道の山奥で、力持ちの百姓だと村の評判になっているでしょうが、所詮はそれだけのことですよね。三島由紀夫だって同じですよ。大蔵省の役人を勤めあげることが可能でしたか。商人になったって、きっと失敗していますよね。だとしたら、三島由紀夫は作家の宿命に徹する以外にないじゃありませんか。そうでしょう。あれッ、おかしいな。あなたを激励するつもりなんか全然なかったのに、こんなことになってしまった。（三島氏、大笑）

＊このインタビューは昭和四十五年十一月十八日午後八時より約二時間にわたって東京・南馬込の三島家で行われた。

古林尚（ふるばやし・たかし）　一九二七―九八　文芸評論家

解説

佐伯彰一

「太陽と鉄」と「私の遍歴時代」という本書の取合せは、中々しゃれていて、面白い。トーンも文体も、両者対照的といいたいほど異っていて、しかも根本の主題においては、双生児といいたいほど、通じ合い、つながっているからだ。

読者には、まず後者、つまり「私の遍歴時代」の方から読み始められることをすすめたい。これは、タイトルの示すように、作者の修業時代、文学少年としての読書体験、文壇登場の事情、交友関係などを扱っているが、どうやら新聞連載というせいもあって、肩の力をぬいた雑談調、気楽な思い出話調で一貫して、すこぶる読みやすい。しかも、その語り口は溌剌とした才気にあふれていて、印象的なエピソードや細部が次々と出てきて読者を飽かせない。語り手としての三島の面白躍如といいたい。'conversationalist'(座談家)といったコトバがあるが、生前の三島さんは、文字通り「座談の雄」であった。何度か、文学雑誌向けの座談会でご一緒して、そのブリリアントな発想、イキのいい、ウィッティな語り口に驚嘆させられた覚えがあるが、この印象は、ふだんの日常的な出会いの場でも、ほとんど変りがなかった。気の利いた警句、逆説が、口をついて飛び出してくる趣きがあった。もっとも、こうした聴き手を驚かし、ハッとさせずにおかぬようなしゃれた警句、逆説の果してどれほどが、即興のアイディアであったかとなると、判定が難しい。というのは、一寸した出会いにも、三島さんは工夫や準備を怠らなかった人物で、こちらを招いてくれるパーティとなると、当方の最近書いたもののいくつかに、予め目を通しておいて手短かでも必ず何かのコメントをしてくれるという気配りのよさだった。

オスカー・ワイルドの見事な 'conversationalist' ぶりについては、数々の挿話が語り伝えられていて、彼がたとえばアンドレ・ジィドにもらした名セリフなど、そのまま作品の一部といいたいほどの出来栄だが、じつは、ワイルドのこうした名セリフやエピソードは、予め念入りに準備され、練り上げられたものだったといわれる。少年期からワイルドが大好きだった三島さんも、敬愛する先輩作家のこうした故智に大いにまなぶところがあったのだろう。

しかし、三島さんの場合、予めの用意は別として、座談がいったん滑り出し、走り出すと、即興のアイディア、逆説が相ついでおのずと湧き出してくる趣きがあって、ご一緒していて、退屈させられたという記憶が全くないのだ。座談の相手に対するサービスという要素もあったろうが、やはり天性の座談家、警抜な才智の人という他なかった。「私の遍歴時代」には、こうした三島さんの面目が、じつにのびやかに発揮されている。『戴冠詩人の御一人者』『日本の橋』の著者、保田與重郎との初の出会いで、意気ごんで「謡曲の文体」について問いかけた話、また太宰治訪問の折に、いきなり「僕は太宰さんの文学はきらいなんです」と言い放ったエピソードなどは、すでに広く知られていることではあるけれど、改めて読み返して、その場の雰囲気までまざまざと伝わってくる気がするのだし、こうした露骨な無礼を敢えてした動機についても、三島さん自身、すかさず、鮮かな自己分析を加えているのはさすがという他ない。「もちろん私は氏の稀有の才能は認めるが、最初からこれほど私に生理的反発を感じさせた作家もめずらしいのは、あるいは愛憎の法則によって、氏は私のもっとも隠したがっていた部分を故意に露出する型の作家であったためかもしれない」と。太宰、三島この二人の作家には、案外通ずるものが多いと、この頃いよいよそう思うようになった。

また、自殺によって短い生を閉じた『なよたけ』の作者、加藤道夫の自作劇初日の不安と緊張ぶりを語った一節も、そのまま一幕物の舞台を見せられるように見事な風貌描写であるが、「私の遍歴時代」の面白さは、じつはそこにはとどまらない。あたかも一筆描きの即興のスケッチ画家のような手腕を縦横に発揮して見せると同時に、三島さん一流の基本モチーフをも、さりげなく露頭させているのだ。たとえば、一九五一年の暮れ、最初の外国旅行の際、ハワイ航路の船のデッキで、初めて日光浴を試みて、その魅力にとりつかれる。「ハワイへ近づくにつれ、日光は日ましに強烈になり、私はデッキで日光浴をはじめた。以後十二年間の私の日光浴の習慣はこのときにはじまる。私は暗い洞穴から出て、はじめて太陽を発見した思いだった。生まれてはじめて、私は太陽と握手した。……そして日がな一日、日光を浴びながら、私は自分の改造ということを考えはじめた。」

つまり、三島さんにおける太陽と「肉体」の発見、自己改造のモチーフの発端である。これから五年後に書かれた「太陽と鉄」の基本テーマが、いち早くこのくだけた閑談調の回想記の中に提示されているのだ。そして「私の遍歴時代」の結末には、ほとんど唐突なかたちで、「死の観念」というモチーフがひびき始める。ふと二十年ぶりに再会した同級生のうちにみとめた「老い」のしるしに衝撃を受けたのが、きっかけとなっているが、「かえりみれば、私の遍歴時代には、時代と社会の急激な変化はあったが、一つのじっくりした有機的な形成はなかった。大きな外延を持ってひろがり育つ、一つの思想の成熟もなかった。……そこで、早くも、何もかもぶちこわしたくなる。五十、六十までゆっくりと育てて、育てた上の捨離ではなくて、中途半端で、すぐにまたぶちこわしたくなる」。これは一見発作的な放言のごとくひびきかねないが、じつはどうやら三島さんの本心のふとした流露というに近い。発表当時にはそうと気づかなかったけれど、ひそかな衝動の発現と受けとらざるを得ない。果して三島さんは言い出すのだ。「そこで生まれるのは、現在の、瞬時の、刻々の死の観念だ。これこそ私にとって真になまなましく、真にエロティックな唯一の観念かもしれない」と。ここから、三島さんのあのドラマチックな自決までは、ほんの一歩にすぎない。その動機、行動の一切が、いち早く先取りされているという感慨を禁じ得ないのである。

「太陽と鉄」は、こうした「現在の、瞬時の、刻々の死の観念」を中核とする三島メタフィシックスの首尾一貫した展開であり、見事な詩的結晶であった。この長篇エッセイは、三島さんも同人のひとりだった、ぼくらの雑誌「批評」に連載されたもので、ひときわ印象も鮮烈なのだが、雑誌でその都度読ませてもらった当初から、その密度の詰まった結晶度の高さと同時に、あまりにもひたむきな疾走ぶりが間々論理的飛躍をともなって、不透明な難解さに途惑いをおぼえずにいられなかった。こうした当時の印象は、再読、三読を重ねた今も、あまり変らない。

　三島さん自身、冒頭で、この長篇エッセイの性格を規定しようとして、「告白と批評との中間形態」といい、「『秘められた批評』とでもいうべき、微妙なあいまいな領域」と呼んでいた。「告白の夜と批評の昼との堺の黄昏の領域」といった、巧みな三島的メタファーを用いてもいるのだが、一方でパーソナルな体験と回想に密着しながら、同時に強くあらわな抽象化、理論化の意志を手離そうとしない。のびやかな内的流露、自己解放への衝動と、きびしい自己統御、知的一貫性への意欲とが、からみ合い、時にぶつかり合っている。

　最初に提示される主題は、すでにふれたように、三島さんにおける肉体の発見であり、タイトルの「太陽と鉄」とは、その際大きな役割を演じた「もっとも大切な二つの要素」に他ならない。つまり、日光浴の「太陽」であり、ボディビルのバーベルである。幼少年期の三島さんが、ほとんど虚弱児童というに近い、病気がちでひよわな肉体の持ち主であったことは確かで、そこで後年における肉体の発見が、かくべつドラマチックな、啓示的な体験たり得たろうことは容易に想像がつく。ただし、三島さんは、その初期作品集が示すように、きわめて早熟な文学少年で、言葉をあやつり、物語という別世界を紡ぎ出す術をいち早く駆使し始めていた。こうしたいち早い言語操作、創作衝動が、肉体虚弱な少年にとっての情緒的、心理的な補償作用を果すだろうことも、ごく自然な道行きというにすぎまい。

この間の事情を、三島さんは、肉体対言葉、現実対フィクションという二元論を方式化することで、説き明かそうとする。いや、説き明かすというには、あまりに自明すぎる図式でもあるのだから、三島さん流のドラマ化、いかなる状況のうちにも二元対立、相剋のドラマを見てとり、読みこまずにおかない三島的レトリックと想像力の働きといい直すべきだろう。そこで、「私は言葉の全く関与しない領域にのみ、現実および肉体の存在を公然とみとめ、かくて現実と肉体は私にとってシノニムになり、一種フェティッシュな興味の対象となった」と三島さんは書いている。

こうした一種神秘的ともいえる呪物的な「肉体」に、三島さんがいかにして接近し、これを「外国語を学ぶやうにして」、わが物とするに至ったか——ここに「太陽と鉄」の第一主題がすえられている。それは、おそろしく意識的な自己トレーニング、肉体練磨のプロセスであったが、同時にそこに「酩酊」、「陶酔」への烈しい渇望がひそんでいたことも見のがすことが出来ない。初めて祭礼の神輿担ぎに参加した折の体験がまず語られていて、そこには「集団」的な同一化の感覚や悲劇的なパトスへの言及も出てくるが、これは「肉体」の発見が、同時にいわば肉体の彼方への憧憬、希求と重なり合っていた事情をうかがわせるものだろう。

一体、「肉体」の発見といえば、誰しもまず思い浮べるのは、性の目ざめ、エロス的衝動の発現に違いないが、「太陽と鉄」という三島さんのいわゆる「比類のない教養史」においては、自身の「ヴィタ・セクスアリス」は、ほぼ全面的にしめ出されているのだ。もちろん、「仮面の告白」といった別種の自伝的試みが、既に果されていた事情は無視できないけれど、かりに「太陽と鉄」のうちに性的ファクターを導入するとしたら、そもそも三島流の根本図式がゆらぎかねない。三島さんとしては、あくまで自己統御、自己練磨という主体的な意志の支配を貫き通したかったに違いないのである。あくまで劇的、批評的な自己分析への意志を保持しつつ、限りなく客観性、論理性の彼方へと踏みこみ、超えてゆきたいというところに、このエッセイの第二主題がすえられている。そこで、そもそも始末にこまる性的領域は、いさぎよく切り捨てて、あくまで意志的な肉体の発見と形成だけに、話をしぼったのであろう。

しかし、その代り、形而上的なエロチシズム、存在のエロスとでもいった指向が、この長篇エッセイ全体にくまなく遍満しているのは、見のがせない特色である。あらわなエロス、直接的なエロチシズムを一切しめ出すことによって、知的、理論的な自己分析の書を、そのまま冷たく白熱したエロスの書に転化、昇華させようというところに、三島さんの秘められた意図が存したともいえそうである。

そこに、拳闘や剣道、また軍事訓練や長距離ランニングなどの体験的描写に、異様なほどの冴えと緊迫感をただよわせ得た所以も存したに違いない。三島さん自身「私の携った秘儀」という言い方をしている。「駈けることも亦、秘儀であった。それはただちに心臓に非日常的な負担を与え、日々のくりかえしの感情を洗い流した。……たえず動き、たえず激し、たえず冷たい客観性から遁れ出ること、もはやこうした秘儀なしには私は生きて行けないようになった。そして言うまでもなく、一つ一つの秘儀の裡には、必ず小さな死の模倣がひそんでいた。」

そして、こうした「死の秘儀」、超越的な飛翔の一つの詩的頂点ともいうべきものが、「エピロオグ」、三島さんのＦ１０４機搭乗体験の描写、謳い上げに他ならない。この人は、ほとんど一切を自意識しながら、壮絶な自死を敢行したと、呟かざるを得ないのだ。三島流ミスチシズムの精髄――少なくともその基本構造は「太陽と鉄」のうちに、いわば冷たいパトスをもって、縦横に説き明かされ定着されている。

（さえき・しょういち　文芸評論家）

『太陽と鉄』昭和四十三年十月　講談社刊

太陽と鉄　『批評』昭和四十年十一月～昭和四十三年六月

F104　『文芸』昭和四十三年二月

『私の遍歴時代』昭和三十九年四月　講談社刊

私の遍歴時代　「東京新聞」（夕刊）昭和三十八年一月十日～五月二十三日

三島由紀夫最後の言葉　「図書新聞」昭和四十五年十二月十二日号

同　昭和四十六年一月一日号

『戦後派作家は語る』聞き手・古林尚（昭和四十六年　筑摩書房刊）所収

編集付記

一、本書は中公文庫『太陽と鉄』（一九八七年十一月刊）の改版である。

一、改版にあたり、同文庫版（二〇一五年八月　九刷）を底本とし、新たに「三島由紀夫最後の言葉」を収録し、改題した。底本中、明らかな誤植と考えられる箇所は訂正した。

一、本文中、今日の人権意識に照らして不適切な語句や表現が見受けられるが、著者が故人であること、執筆当時の時代背景と作品の文化的価値を考慮して、底本のままとした。

中公文庫

太陽《たいよう》と鉄《てつ》・私《わたし》の遍歴時代《へんれきじだい》

2020年1月25日　初版発行
2021年12月25日　再版発行

著　者　三島由紀夫《みしまゆきお》

発行者　松田陽三

発行所　中央公論新社
〒100-8152　東京都千代田区大手町1-7-1
電話　販売 03-5299-1730　編集 03-5299-1890
URL http://www.chuko.co.jp/

ＤＴＰ　嵐下英治
印　刷　三晃印刷
製　本　小泉製本

Published by CHUOKORON-SHINSHA, INC.
Printed in Japan　ISBN978-4-12-206823-0 C1195

定価はカバーに表示してあります。落丁本・乱丁本はお手数ですが小社販売部宛お送り下さい。送料小社負担にてお取り替えいたします。

各書目の下段の数字はISBNコードです。978－4－12が省略してあります。

中公文庫既刊より

み-9-9
作家論 新装版
三島由紀夫
森鷗外、谷崎潤一郎、川端康成ら作家15人の詩精神と美意識を解明。『太陽と鉄』と共に「批評の仕事の二本の柱」と自認する書。〈解説〉関川夏央
206259-7

み-9-10
荒野より 新装版
三島由紀夫
不気味な青年の訪れを綴った短編「荒野より」、東京五輪観戦記「オリンピック」など、〈楯の会〉結成前の心境を綴った作品集。〈解説〉猪瀬直樹
206265-8

み-9-11
小説読本
三島由紀夫
作家を志す人々のために「小説とは何か」を解き明かし、自ら実践する小説作法を披瀝する、三島由紀夫による小説指南の書。〈解説〉平野啓一郎
206302-0

み-9-12
古典文学読本
三島由紀夫
「日本文学小史」をはじめ、独自の美意識によって古今集や能、葉隠まで古典の魅力を綴った秀抜なエッセイを初集成。文庫オリジナル。〈解説〉富岡幸一郎
206323-5

み-9-13
戦後日記
三島由紀夫
「小説家の休暇」「裸体と衣裳」ほか、昭和二十三年から四十二年の間日記形式で発表されたエッセイを年代順に収録。三島による戦後史のドキュメント。
206726-4

み-9-16
谷崎潤一郎・川端康成
三島由紀夫
世界的な二大文豪を三島由紀夫はどう読んだのか。両者をめぐる批評・随筆を初集成した谷崎・川端文学への最良の入門書。文庫オリジナル。〈解説〉梶尾文武
206885-8

み-9-17
三島由紀夫 石原慎太郎 全対話
三島由紀夫
石原慎太郎
一九五六年の「新人の季節」から六九年の「守るべきものの価値」まで初収録三編を含む全九編。七〇年の士道をめぐる論争、石原のインタビューを併録する。
206912-1